U0613037

红色华照

以特色引领乡村振兴

Huazhao Village
——Driving Rural Revitalization with Its Characteristics

黄廉捷 著

SPM
南方传媒

广东人民出版社

·广州·

图书在版编目（CIP）数据

红色华照：以特色引领乡村振兴／黄廉捷著. —广州：广东人民出版社，2023.12

ISBN 978-7-218-17246-0

Ⅰ. ①红… Ⅱ. ①黄… Ⅲ. ①报告文学—中国—当代 Ⅳ. ①I25

中国国家版本馆CIP数据核字（2023）第252143号

HONGSE HUAZHAO: YI TESE YINLING XIANGCUN ZHENXING

红色华照：以特色引领乡村振兴

黄廉捷 著

版权所有 翻印必究

出 版 人：肖风华

责任编辑：吴嘉文
装帧设计：陈宝玉
责任技编：吴彦斌

统 筹：广东人民出版社中山出版有限公司
执 行：王 忠
地 址：广东省中山市中山五路1号中山日报社13楼（邮政编码：528403）
电 话：（0760）89882926 （0760）89882925

出版发行：广东人民出版社
地 址：广东省广州市越秀区大沙头四马路10号（邮政编码：510199）
电 话：（020）85716809（总编室）
传 真：（020）83289585
网 址：http://www.gdpph.com
印 刷：佛山市兆荣印刷有限公司
开 本：787mm×1092mm 1/16
印 张：12 字 数：156千
版 次：2023年12月第1版
印 次：2023年12月第1次印刷
定 价：78.00元

如发现印装质量问题，影响阅读，请与出版社（0760-89882925）联系调换。
售书热线：0760-89882925

序：山海相伴，时空与未来的交响

流光映百年，华彩耀山海。

广东省中山市南朗街道华照村，眺望碧波荡漾的伶仃洋，依偎在深中通道珠江西岸"桥头堡"翠亨新区身旁，孙中山故里旅游区伴在一侧，五桂山脉蜿蜒如画，咸淡水交织而成的深厚文化在此积淀，形成了独特的自然山海人文景观，让这里成为承载香山文化等多种文化的醒目坐标。

中山，这座因纪念伟人孙中山而得名的城市，还有更多的精彩人文内涵。在这座城市里，也有一个以革命英雄命名的村庄——华照村，1952年6月，为了纪念革命先辈李华照（又写"李华炤"），便以他的名字来命名。

华照村是中共中山县委第一任书记李华照烈士的故乡，是中共沟帮子特支书记、满洲省委委员欧阳强烈士的故乡，也是珠三角第一个农民协会——麻子乡农民协会的诞生地……

如今的华照村，已深深融入粤港澳大湾区建设的怀抱，向着跨越珠江口东西两岸的深中通道招手问候。

深中通道一桥飞架，从无到有，其飞跃的身姿气势如虹。举目远眺伶仃洋，水天一色之中，只见深中通道贴在海面蜿蜒而行，犹如"长龙"飞翔在海面。它与山海奏出激荡欢歌，同沐伶仃洋之风，同听海浪的响动，同望一片宽阔蓝天，同耕一片炽热土地，让人向往与追寻。

回眸历史，700多年前，当邓姓族人迁入华照村的岐山村民小组地域内居住，这里就开始孕育了人与山海交织的宜居生活欢歌，日月逾迈，沧海桑田，书香氤氲，悠远唱响。

华照村在岁月的长河里静静地发展。华照村中的村小组——林溪、岐山、麻西、麻东，建村的历史很长，只有十顷村的历史稍短些。在麻西、麻东村中行走，常听到有村民叫"麻子村"。乡村的味道，年代的痕迹，不时在旧屋里散出，老街巷和旧屋子承载着当地的人文历史，这一处孕育的生命演绎着不同的人生。

从地理位置上看，华照村可用"十分优越"来形容。它的东面是日新月异的翠亨新区，深中通道矫健身姿就在眼前。南面是丰阜湖生态公园和冲（涌）口村，西面是华南现代中医药城和濠涌村，北面是横门社区居委会和横门港。

从中山城区驾车到华照村，在博爱路转到翠亨快线，随后见到路面指示牌，指向西湾医药与健康产业园、东部组团儿童公园。转到榄横路就见到"林溪村""岐山村"的路牌，再开几分钟就见到林溪村口那一片翠绿的稻田。从右边的乡道进去，就见到岐山市场，旁边是李华照烈士纪念亭。

置身于村中，我们能感受到别有一番韵味。中山的乡村大多有自己独特的韵味与气质，而华照村有多年沉淀出的质朴与安宁、雅致与内秀，它不会轻易让你触摸到，只有当你走近它的身边时，才能感觉它那肌里散发出的平实之光。

村里一条条小巷，还有一座座老房子，就像一条有生命的河流，把很多生命稀碎的细节汇合在一起，构成了一方气质。

无论哪个季节行走于华照村，都有不同的感受。

春季行走于华照村，你能触及绿色的稻田、翠山、古榕；到了夏季，人与自然交织出的山水画卷，又带着热情的问候；再到秋天，金色稻田、青葱树木与湛蓝天空绘就美丽乡村的诗情画意，干净整洁的村容村貌和一幢幢在建的民房展现出这方水土的润泽；到了冬日，你能感受到驱走寒冷的暖阳，并将其揉成富有情调的阳光心情。

红色村庄沉淀了深厚的人文历史。回溯至百年前，革命先辈李华照怀揣赤子丹心，从这里走出来，坚定地走上艰苦卓绝的革命之路，为革命奋斗不息，最终英勇就义，用短暂的一生谱写了浩气长存的人生壮歌。

村中的街道、房屋构成了人与人之间的和谐奋进交响曲。行走在这里，我们更多的是慨叹岁月的变化。墙壁上渐渐增加的颜色，让我们更清晰地看到村庄的日月交替。村中不同年代的房子，随着光阴的流淌，留下更多的是一种气场、一种笔调、一份人情世故。

上到烟墩山，向东远眺，伶仃洋碧波荡漾，淇澳岛依海而居，一幅壮丽的海山图景尽收眼底，让人心旷神怡。这里的一山一水、一景一物全是诗意，人文景致与绿水青山相映成趣，横门保卫战遗留下来的竹洲山暗堡，麻西村参天的古榕树，岐山村、林溪村的侨屋石屋，麻西文德门牌坊都是家风传承的典范……

几百年来，人们在这里繁衍生息。一方水土育一方人，在这片土地上展现得淋漓尽致。

我希望通过文字，带领读者体验华照村各个自然村的景色和韵味，让读者感觉得到这里的肌肤和跳动，感受这里的变化与发展，村里每一处房屋、每一棵树木都流淌着丰富的生活记忆和人文底蕴。我试图以一种散文式的表达，把现代与历史的交融，通过点滴的生活细节编织，将这份人与自然的和谐共生、城乡交融表达出来。

山海相伴，时空与未来的交响之歌在这里缓缓向前展开。下面就让我们走进华照村，聆听革命先辈李华照的故事，以及更多的人文记忆。

黄廉捷

2023 年 12 月

目　录

1

第一章　碧波绿影——一片不平凡的热土

Chapter I　Shining Ocean Waves:
A Piece of Extraordinary Hot Land

第一节　一个带着温度的传说 / 2

1.　A Touching Legend

第二节　感受悠悠韵味 / 6

2.　Pleasing Quality of A Relaxed Village

第三节　"凤鸣岐山" / 12

3.　Echoing the Old Folklore of the Promised Land

21

第二章　铮铮亮色——璀璨光芒耀大地

Chapter II　Brilliant Colour of Fire:
Shines on the Earth

第一节　赤子丹心照日月 / 22

1.　Young Man of Loyalty

第二节　枪声划破晨空 / 38

2.　Sound of Gunfire at Dawn

第三节　轰轰烈烈的农民运动 / 43

3.　Peasant Movement with Vigour

第四节　名人辈出 / 49

4.　Home to Famous Names

78

第三章　厚土生辉——守望民俗文化
Chapter III　Glittering Cultural Deposits: Thrive Folk Culture

第一节　承载记忆的舞木龙 / 79

1.　Memory-carrying Wooden Dragon Dance

第二节　重燃舞木龙之火 / 87

2.　Reappearance of Wooden Dragon Dance

96

第四章　踏浪有梦——那些难忘的画面
Chapter IV　Riding to Aspirations: Unforgettable Memories

第一节　老祠堂大变身 / 97

1.　New Look of An Old Ancestral Temple

第二节　荷塘飘香客自来 / 101

2.　Fragrance from Lotus Ponds

第三节　带着记忆的"白水井" / 108

3.　A Well Witness to Amazing Changes

第四节　旧称"雷涌村" / 109

4.　Old Name 'Leichong Village'

第五节　"十德里" / 112

5.　A Lane to Success

第六节　每棵大榕树都是一片风景 / 118

6. Scenery of Big Banyan Trees

第七节　让人迷醉的风水林 / 125

7. Enchanting Fengshui Woods

第八节　糖环脆嫩诱人 / 131

8. Appetizing Snacks

第九节　原始淳朴的自然风貌 / 132

9. Primitive Natural Landscape

147

第五章　乡村彩虹——流淌的风景
Chapter V　Rainbow over Countryside: Flowing Scenery

第一节　木棉树花开灿烂 / 148

1. Kapok Trees Bloom Brilliantly

第二节　这里的商业不一般 / 153

2. Unusual Business

第三节　向海为生，依山而居 / 155

3. Seek A Life from the Sea and the Mountains

第四节　雷打秋，无丰收 / 162

4. Vivid Agriculture Proverbs

第五节　助力深中通道建设 / 165

5. Taking Part in the Shenzhen-Zhongshan Link Construction

第六节　春风化雨，润物无声 / 167

6. Gentle Breeze And Mild Rain Moisten All Things

第七节　顺应时代，搞活经济 / 169

7. Reinvigorating the Economy

第八节　擘画乡村振兴蓝图 / 172

8. A Blueprint for Rural Revitalization

181 参考文献
References

184 后记　有温度的时光
Epilogue　The Go-Go Years

第一章

碧波绿影
——一片不平凡的热土

Chapter I

Shining Ocean Waves:

A Piece of Extraordinary Hot Land

第一节　一个带着温度的传说

2022 年的一天，伶仃洋上空飘来的云，一会儿聚到这里，一会儿又飘向远方。风与云似在玩着捉迷藏，蓝天下，它们望着海浪翻腾，白色海鸟在空中扇动着翅膀，与海面上的船只交相辉映，伴着深中通道的身影绘成海面上最美的画面。

珠江西岸的山峦，见惯了天空的变化，这一片高耸的山峰与低矮的楼房，借着时光，不时拂扰天边轻缓变化的身影。

临近海洋，村庄的风总带着丝丝海水的气味。村子清静淡然，绿浪阵阵，在这里你能远离纷繁的叨扰。那一年春季，当我们来到南朗华照村，感受到这里浓厚又淳朴的民风，还有那不可多得的乡间趣语，让我们收获到了悄然而生的生机。

千百年间，伶仃洋这片土地，沧桑变化，也让生活于此的人们有了更多元的发展。

来到靠近伶仃洋的华照村，你会有一种寻访这里的人与事的冲动。每一次到华照村，我都会带着欣赏，带着崇敬，带着愉悦的心情去亲

华照村航拍图（华照村委会供图）

近它。

南朗原名"南蓢"。南蓢古时为海滩，南宋时分属长乐乡和永宁乡，元代元贞年间（1295-1297）建村，因建村初期村南蓢草丛生，故名南蓢。2003年9月，经中山市人大常委会批准，"南蓢"改名为"南朗"。南朗位于石岐东南面，附近有大尖峰、后门山、象棚山、鸡头山，群山并峙；有宫花水、榕树环、石盆溪、三度溪，诸水回环。

华照村位于南朗的东北面，连片的稻田，簇拥的树林，四散的村庄，相互交织，相互贴近。

华照村背山面水，河涌交错，地势平缓开阔。东部有五桂山山脉，处于与火炬开发区、翠亨新区起步区（马鞍岛）交接位置，东濒珠江口伶仃洋区域。村内林溪与岐山、岐山与麻西小组间，存在大片农田，风光秀美、景色宜人，是附近村民休闲散步的好去处。村里植被的代表类型为亚热带季雨林型的常绿季雨林。地形是在华南准地台的基础上，经过漫长的气候变化和风雨侵蚀，形成了以冲积平原、滩涂为主，低山、丘陵、台地错落其间的水乡地形地貌。

华照村自然环境的形成，与珠江三角洲在海与岛联结时期的变化一致。在清代，香山的地形地理变化，主要是泥沙淤积，还有海滩的围垦，天然的力量加上人工参与，加速将海滩变成了良田。胡波先生著的《中山简史》（第140—143页）对于香山环境变化的描述，让我了解到这方面的历史。民国《龙山乡志》里的记载，就反映了这种"变水为田"的现象。该志书指出，境内西围一带，"其始尽原民田，今则悉为桑基鱼塘。其水道亦随而变易……小陈涌之桥头巷，其变水为陆者更可知也"。明清时期，由于珠江岸线不断向南推移，且香山岛及周边岛屿的山地丘陵开发力度不断加大，香山县与周边的南海、番禺、顺德、新会、江门等县之间逐渐水陆相接，彼此之间的海上距离不断缩短。在明朝嘉靖年间，香山虽然仍被海水包围，但是它自身的沙田和陆地面积不仅不断向外扩大，而且珠江口岸滨海线也在大量泥沙淤积中不断向浅海延伸，逐渐向香山县地界逼近。明代初期，南海、番禺、顺德以及香山北面的阜沙、三角、港口等已连片成陆。到了清代，香山周围的大片海域已基本上出水成陆，岛丘与岛丘之间形成了河网交汇的沙田平原。

在胡波先生著的《中山史话》（第56—58页）中也提到："香山岛周边的沙滩、潮田，就是在这种天时、地利与人和的环境条件下得到围垦和开发利用的。同时，由于山洪冲泄及岸滨积附，香山周边岛屿的海岸不断向外延伸，出现了浅湾变海滩、海滩变沙田、沙田成陆地的现象。在五桂山、凤凰山、黄杨山周围，逐渐形成了一些大的冲积平原。五桂山南面的平岚平原、北面的石岐平原和东面的南朗平原，就是在这种相对缓慢但极为有效的围垦方式和自然力量双重作用下形成的。从唐代到北宋，特别是南宋和元朝时期，珠江口西岸的滨海线又向香山岛靠近了许多。……香山岛本身也较以前向四周拓宽了不少土地，除原有的长安、丰乐、永乐、长乐、仁厚五个农村和渔村地段外，香山岛的东西两侧岸滨附近，又有大片海滩等待着人们前来开发垦殖。"根据资料记载，林溪、岐山、麻西、麻东在南宋期间都属于香山县长乐乡。

沧海变桑田的歌谣也在华照村唱响，林溪、岐山、麻西、麻东的老人还记得，当年村口外就是一片海洋与滩涂。

2023年的一天，我来到麻东采访，一位90多岁的老人对我讲，他小时候在麻东村一眼就看到大海，村里的人家家都有渔船出海打鱼。

岁月见证了这一片土地的神奇，这片土地上的人们用智慧和汗珠书写着自己不平凡的故事。听华照村的老人讲，香山有两个麻子村，一个是三乡那边的麻子村，乡间称"西麻子"；另一个就是南朗麻子村，乡间称"东麻子"。民国时期，有一位广州人来香山寻亲，这个人的亲戚在南朗麻子村。他先去了三乡麻子村，寻亲不着，细问之下，才晓得香山有一个"东麻子村"和一个"西麻子村"。村里老人常用这个笑话教育小孩，做事前得先了解当地情况，同名地方很多，如若不是，就会走更多的冤枉路。

为何有麻子村这一说法？在当地，盛传一个麻子村的传说。

麻子（麻东、麻西），地处珠江出口西南面，属冲积平原，三面临

2023年春，林溪村村民在田里插秧（黄廉捷摄）

水，土地平整肥沃。明末清初期间，村前河面宽阔，连通大海，运输木船往返穿梭，大小船只所用绳索多用麻皮人工扭制而成，既不渗水，又耐用，比其他材料制成的好得多。那时候，珠江三角洲近海地区已陆续有人经营水路运输，随着出国谋生的人多起来，几乎大部分都是到夏威夷及东南亚国家和地区。他们多是被早年当地开办的农场招募，给白种人及当地有钱人打工，干了十年八载，有的人积蓄了盘缠便回中山探亲。他们乘木船回到家乡，见到村前海面往返的船只都是用麻绳索的，这些侨胞以后再次返乡时便从当地取上麻苗，精心整装后带回家乡分发给村民，并教他们在低矮坡地、围田筑基两旁栽种。由于气候温暖，水分充足，阳光充沛，麻苗生根长叶，长势良好，待收成时剥其皮扭制成索卖给船家。不几年，麻子村村民一一效法栽种麻树，作为副业，收入虽微薄，但也增添了经济来源，故村民为自己安居的地方取名为"麻子"。"上山担芒、下海盛汤，麻子小金山"的歌谣广为流传。

传说归传说，如果从地理环境来说，这片土地真的是人杰地灵、物产丰盛。人们在这片土地繁衍生息，从外地迁徙过来居住的人开枝散叶，形成了以几个大姓为主的村落，就有了李屋边、林屋村、欧阳村、陈梁村。

第二节　感受悠悠韵味

我从历史资料里了解到，村里的族姓，如李、欧阳、陈、梁、林等，都是从不同的地方迁居而来，聚居于此，随着时日演进，交流增加，不知不觉间，村民的共融让这里形成一种独特的气质。

对于此地所形成的气质，《中山史话》（第70—71页）里有一段话说得很透彻："许是与他们的祖先长期居住和生活在海岛上的经历有关。他们务实重行、坚韧不拔、处事低调、为人和善、内敛自信、讲究体面、不喜张扬，骨子里隐藏的仍然是岛民的做派。同时，沧海桑田的历史地理变迁，不仅给中山人提供了生产劳动的物质基础和社会交往的广阔前景，也赋予了中山人农耕社会的乡土品格，即勤俭、朴实、热情、友好、忠厚、善良、谨慎和豁达。咸淡交融的广阔水域，山水共生的自然环境，成就了一方水土，养育了一方人民。"

对于华照村的历史，还得讲一讲，看看人们是如何在这里落户安居生息的。从华照村委会提供的相关资料里，我找到了几条有关华照自然村的资料记载：

林溪，在石岐东18.5公里。南宋宝庆年间（1225—1227），先祖林孟七林道锡兄弟从福建莆田县迁此建村，初名雷公村。因地临海边，故称林屋边。

岐山村。宋孝宗年间，蒙古人向南扩张，邓氏族人从安徽吉星地区南下，不久便徙居到岐山淋麻山（今香林山）居住，以樵耕打猎为生，只十多户人家，不下30人。南宋咸淳七年（1271），李桂窗公由陕西蓝田县追随宋理宗南下，敕封宋朝明威大将军，携带家眷邱氏夫人及两个儿子，离开南雄，随宋帝昺从新会迁居香山仁山居住。后次子政公留居仁山，长子庆公离父携母邱氏移居岐山。长子庆公与濠涌严姓女结婚，育三子。自始李与邓两族人聚居，统称邓家屋。而邓氏族人口逐渐减少，后搬离淋麻山在外居住。明代期间，该村以姓氏为村名，称为李家村，因近海，亦称李屋边。清光绪十一年（1885），李屋边人李家璧中举回乡后以土冈"岐山"为名立牌坊，因而得名。后李屋边改称岐山，邓家屋之名便消除。

麻西，原名麻子（村）西堡，又称欧阳村。南宋末年（1279），欧阳荣可南下南雄珠玑巷，二世祖欧阳道信迁往鹤山，三世祖欧阳和璧徙三水，于元朝中期（1300—1320）由江门徙珠江口西南（香山之东）定居，后称麻子，与早期居住在麻子的陈娥人一起建村，因村人多以种麻为生，所以取名为麻子。后两姓人分地聚居，欧阳姓人居村西，遂称（麻子）西堡，又称欧阳村。

麻东，原为麻子（村）东堡，又称陈梁村。该村在石岐东18.9公里。南宋咸淳十年（1274），陈姓先祖陈贵卿从南雄珠玑巷徙新会，再转迁香山牛起湾，后迁于此。南宋末年（1279），欧阳姓人从顺德迁入，两姓人一起建村，称麻子。明永乐年间（1403—1424），梁姓先祖梁余亭又从顺德沥涌迁居于此，因陈、梁两姓族人聚居于村东，遂称（麻子）东堡，又称陈梁村。

十顷围，原始于清朝中期，围内土地属当地地主所有。当时中山、顺德、番禺等地的渔民常在横门海域一带作业，十顷围大堤便成了渔民靠岸的埠头。有些来自较远的渔民，为了方便作业和生活，便在堤边搭建简陋茅棚作临时居所。后来有些渔民结束了捕鱼生活，帮当地的地主、富农打工，为了栖身，就在十顷大堤边搭茅房居住。随着社会的发展，人口逐渐增多，一些渔民也陆续上大堤搭茅房居住，十顷围便成村。因为村民全住在十顷大堤上，故称为长沙栏十顷，又叫十顷村。1942年，人口增加到300人，均为来自中山、顺德、番禺的渔民。

回顾中山历史长河，人类在这片土地生产劳动繁衍生息，创造了不少的奇迹。这里的农业、渔业随着人口的增多而不断发展，到了清代，这里的商业也日益兴盛。

我在与华照村的村民聊天时，稍微上了年纪的老人对自己族姓到这片土地生活的脉络大致还能讲得出来，但很多年轻人就不一定知道了。因此，了解先辈们到这里发展的过程就显得更为重要了。

1950 年以前，华照村属中山县第四区行政区域，冠名为乡。1952 年，为纪念 1928 年牺牲的中共中山县委第一任书记、岐山村人李华照烈士，与麻子（今麻东、麻西）、林溪合建华照乡。1950 年之后，华照乡经历了四分四合四个阶段。1952 年 6 月，林溪、岐山、麻西、麻东、十顷五个自然村合建华照乡，乡府设在麻西。1958 年 8 月，华照乡撤销，分别设立林溪大队、岐山大队、麻西大队、麻东大队、十顷大队。大队部设在各自然村内。1963 年 1 月，撤销原来五个大队，进而合并，建立华照大队。大队部设在麻西。1974 年 1 月，撤销华照大队，设立林溪大队、岐山大队、麻西大队、麻东大队，十顷分出，归属渔业公社，后纳入横门公社。大队部设在各自然村内。1984 年 1 月，复称华照乡。林溪、岐山、麻西、麻东分别称为村。1987 年 1 月，撤销华照乡，分称林溪村委会、岐山村委会、麻西村委会、麻东村委会。村委会设在各自然村内。1992 年 1 月，林溪、岐山、麻西、麻东改称管理区，十顷并入，亦称管理区。1998 年 9 月，撤销管理区，分设林溪村委会、岐山村委会、麻西村委会、麻东村委会、十顷村委会。村委会办理处设在各自然村内。2002 年 1 月，改称华照村委会，林溪、岐山、麻西、麻东、十顷五个自然村分别改称村民小组，沿用至今。

华照村土地面积约 11.95 平方公里，其中林地约 4000 亩，园地约 700 亩，耕地约 1300 亩，鱼塘约 400 亩。辖区水系有麻子涌、中心二河、北支渠，用作排水渠道。植被代表类型为亚热带季雨林型的常绿季雨林。地形是在华南准地台的基础上，经过漫长的气候变化和风雨侵蚀，形成了以冲积平原、滩涂为主，低山、丘陵、台地错落其间的水乡地形地貌。动物方面主要以爬行类、两栖类、鸟类和鼠类为主。自然灾害以旱涝台风灾害为主。华照村常住人口 3800 多人。此外，村内宗族也以林氏、李氏、欧阳氏、陈氏、梁氏、樊氏、吴氏宗族为主，每逢清明节，各族分别举行宗族祭祖活动以缅怀和拜祭祖先。华照村村民以种植水稻、果树及水产养殖为主，村组收入以出租物业及集体土地为主。2021年村民人均收入22353元，全村村民均购买了医保和城保。2023年村组两级集体经济收入为1093.5万元，其中，村委会收入197万元，林溪小组收入188万元，岐山小组收入233万元，麻西小组收入218万元，麻东小组收入211万元，十顷小组收入46.5万元。

无论行政关系如何分分合合，但村落的基因依然不变，这片土地还是那么迷人。我很喜欢阎连科在《说村落》一书中写到的一段话："村落的真正意义，并不仅仅就是农民居住的地方这一点。村落应该还有一种精神，一种温馨，一种微微的甘甜。村落是和城市相对应的存在，对于农民，它给予他们居住、生活的必需，而对于都市，它给予温暖和诗意。它既是一种物质存在，又是一种精神存在。"

其实，华照村离市中心石岐不算远，但早年的交通还真的不便利。华照村党委书记、村委会主任欧阳建章说，他小时候骑自行车去石岐都要一大早出去，回来已经是下午了。

华照村入口标识（吴嘉文摄）

　　清代以前，华照村一带还没修筑与外村往来的道路，村民出入多半是抄山边的羊肠小道。丰阜湖还是水网地带，周边村民多是乘木船小艇，华照村民去涌（冲）口、左步、南朗墟都是乘船往返的。民国期间，没开官路之前，村民外出同样是沿山边小路行走，直至民国 20 年（1931）才有一条沿林溪、濠涌、南朗、莆山山边的小路可走。不久修建了由麻子出发，经林溪、岐山、濠涌、南塘、茶东村边的黄泥路，才给出入行人带来方便。中华人民共和国成立后，几个自然村村民有了自行车，运货物的木板车也由此路往来。直至 20 世纪 70 年代铺上水泥，80 年代开通公共汽车，村民不仅可乘公共汽车出入，还可骑自行车、摩托车往返，方便了村民们的工作和生活。90 年代修筑了榄横公路，大大改善了华照村交通状况，村民购置微型汽车、货车营业，私家车出入也更为方便。现在除了市公共汽车，还有镇公交车行驶，个体营运车营运，华照村民步行出入和骑自行车只是少数，大部分都乘坐汽车往返。对于村里的道路，华照村也注重修整。20 世纪 80 年代初，华照村各村民小组已开始整治修筑村（街）道。1982 年，麻西多位旅美乡亲捐助 4300 元、港澳多位同胞捐助港币 2100 元，由村民小组、村侨联会策划，把村内沙石路、黄泥路和大街小巷全部铲平加宽，并铺上水泥。1985 年，麻东海外华侨、港澳同胞捐资，将村内大街观兰里大道、下湾大道铲平，并铺上水泥。1984 年，林溪将各长 46 米、宽 4 米的村内上下街同时铺上水泥；1990 年，又将全长 380 米、宽 6 米的长兴街铺上水泥。1992 年，岐山自筹资金在村东南面修筑了一条长 400 米、宽 6 米的水泥路。同年，村内上下大街（全长 1000 米）全部硬化。1993 年，十顷先后投资七万元，将村内八条街（共长 1280 米）铺上水泥。至此，华照五个村民小组的大街小巷已完全硬化。

　　路通财通，华照村的交通得到了改善，村民的生活也越来越好。

第三节 "凤鸣岐山"

多年前，一位王姓朋友带我们来到华照村，让我感受到这里的独特韵味。

我还记得那是一个夏天，从岐山村到麻西村，一片田野映入眼中。走进麻西村，村落的房屋老墙带给我们浓厚的沧桑感和年代感。

王姓朋友对麻西村很熟悉，他本是想到这里寻找一间做民宿的旧房子，因为深中通道建成后，珠江西岸的第一站便是这片区域，未来这里将是汇聚各路英才的好地方。他看好这里的商机，带我们来麻西村看看。

那是我第一次亲近麻西村。我带着一种寻访、欢喜、向往的心情来到麻西村。这里给我更多的感觉是那些弯弯转转的路，村里房子与古榕树融为一体，达成了完美的自然平衡。这里一抹抹的景致都让人激动，惊叹之声不时从口中发出。行走于此，可以放空心情，也可以用手机记下你的内心独白。

走进岐山村的时候，我想起一位作家对山村的一段描写："山村简陋，可是沟渠干净。小径无路，可是石阶齐整。屋宇狭隘，然而颜色缤纷。漆成水蓝、粉红、鹅黄、雪白的小屋，错落有致。放学时刻，孩童的嬉戏声、跳跃声在巷弄间响起。成人在小店门口大口喝茶、大声'倾盖'。杂货店的老板在和老顾客说笑。十几个男人在'居民业余游乐社'里打牌……"

站于岐山村口，乡道榄横公路经过该村，对面就是林溪村，西北连着麻西村。眼前的新旧村屋参差层叠，一边是青砖灰墙，另一边是田边景致，不时驶过的车辆让人觉得这里离城区特别近，可当汽车一溜烟走后，又恢复了宁静安好。屋上的砖瓦带点苍然色彩，枝繁叶茂的榕树点缀成素淡的村景。行走在这样的地方，心也放空到了极致。

2023 年春季的一天，阳光灿烂，春和景明。我再次来到岐山村。在岐山村民小组办公地，我见到了岐山村老书记李帝斯，他年纪虽大，但给我讲起村里的历史还是那么兴致盎然。

他说，南宋乾道元年（1165），邓姓族人从安徽南下迁到岐山村地域内的淋麻山（今香林山）居住，时有 10 多户 30 多人。据广东人民出版社出版的《中山村情》第二卷记载，南宋咸淳七年（1271），李桂窗携夫人和两个儿子从陕西蓝田出发，追随宋理宗南下，到达广东新会，再从新会迁居香山仁山。后来，次子留居香山仁山，长子庆公携母移居岐山，与林姓、邓姓居于该村地域。明代以姓氏为村名，分李家村、邓家村。因地近海，亦名李屋边、邓屋边。

资料显示，到了清光绪十一年（1885），村民李家璧中举回乡，以土冈"岐山"为名立牌坊，因此取名岐山村。后李、邓两村融合，仍称岐山。

"凤鸣岐山"是一个十分美妙又充满传奇的字眼，为这里增添了更多的文化内涵。《少年读史记》一书对"凤鸣岐山"典故有解释，指的是周朝将兴盛前，岐山有凤凰栖息鸣叫，人们认为凤凰是由于文王的德政才出现的，是周兴盛的吉兆，同时也以"凤"比喻周文王。岐山是周朝的发源地，也叫西岐，是今天的陕西省宝鸡市岐山县。凤凰，祥鸟，雄曰凤，雌曰凰，天下有德乃现。这是一般辞书对"凤凰"的解释。

讲到此处，有人会问，华照岐山村与石岐又有什么联系呢？20 世纪 90 年代，第一次了解中山这座城市时，我听到别人讲得更多的是把中山叫成"石岐"。众人口中的石岐街、石岐桥、石岐话等，让我更想了解"石岐"二字在中山是一个什么样的存在。据《广东中山市地名志》记载，石岐向为中山（香山）县治地，因当地有石岐山得名。据清光绪《香山县志》载："石岐山，亦名阜峰，俗称烟墩山……土燥多石，直抵于海。"据 1963 年《石岐志》（初稿）载：石岐古写作石歧。相传古代用阜峰山石沿江垒基堤，向南、北伸展。北为"上基"，南为"南基""下基"，这些地名至今犹存。山抵其中，基堤由此分歧，故称石歧山。古时，"歧"与"岐"是相通的，后取"凤鸣岐山"之意，渐将石歧山写为石岐山。山下一条东西走向的街道，古称石岐街，是乡集交易的场所，故又称石岐圩。据清嘉庆《一统志》载：南宋绍兴二十四年（1154），进士陈天觉（香山县人）在石岐圩东建香山县城，"布铁沙于地以筑城，因号铁城"。建成后，城内称铁城，城西称石岐。至民国十年（1921）拆城墙筑马路后，铁城、石岐才统一起来，统称石岐。

可见，石岐也有取"凤鸣岐山"之意，其与华照村岐山当属同源同流，都寓意美好吉祥。

正因为寓意吉祥，如今在全国不少地方都能见到"岐山"的地名村名或路名。可以说，"岐山"已经是一个文化符号，延续了几千年，在中华传统文化谱系当中，已经幻化成亲民好德，繁荣兴盛，创造辉煌的象征和符号。

在华照岐山村这一片美好的土地上，世居村民姓氏主要有李、陈、林（最早居住的邓姓已经迁出）。第一大姓为李姓，世代村民为汉族。

对于岐山村族姓的变迁，李帝斯算是比较熟悉的，他为我讲了村里几大姓氏的变迁。

他称，李姓一族是宋末才到岐山村的。在他们没到岐山村繁衍生息之前，岐山这片地方是邓姓一族的居住地。邓姓一族从元朝开始居住，明朝时开始在珊洲筑围，也就是现在的平朗围。

后来，为何邓姓一族又不见了？对于这个问题，李帝斯告诉了我缘由。

"邓姓一族当时住在岐山有 200 多人，所以之前也有人叫这里为邓家屋。当时村里有很多树林，后来，为防御水患修筑堤围，加固基围之后没有了出海的口岸，邓姓一族就搬到珊洲那边筑围。海边风浪大，也常有台风，明朝时期有一次刮台风，基围被冲垮了，邓姓一族就迁居到了香港。后来，李姓一族第七代后人来到珊洲平朗围，继续将基围筑起来。中华人民共和国成立后，平朗围分配给珊洲。"

其实，居住于岐山的除了邓家一族，之后有黄姓一族，比李姓一族还早到此处。但之后黄姓一族陆续外出到上海、广州等地谋生、经商，留在当地的人就变少了。李禄超在中山主政时期，岐山村有800多户、3600多人，以姓李为主，也是当时村中人丁最兴旺的时期。

李帝斯还说，岐山村当时分西堡与东堡。西堡出文化名人较多，如李景新（文林郎，政考科举考官）、李家璧（举人、东乡总局局长）、李禄超（孙中山英文秘书、香山模范县县长、港九铁路局局长），当代的有李兆永（深圳建设银行行长）等。东堡的人经商的为多，也有当官从政的，如李超凡、李东海、李洛夫、李彩军、李旭军（肇庆市物资局局长）、李桂安（珠海市物资局局长）、李桂廉（佛山市物资局局长），还有革命家李华照、李炳祥。

清末，李家璧将邓家屋改名为岐山村。民国后期，李禄超将岐山村改名为李屋边。后来，村名又变回"岐山村"，并沿用至今。

对于岐山李氏，《中山市文物志》"族谱"一章中也有记载《李屋边李氏宗谱》和《南朗岐山李氏家谱》。

《李屋边李氏宗谱》，线装，一大卷，手抄本，清乾隆三十二年（1767）修，嘉庆十六年（1811）重修。内载宗支繁衍系、生卒年月、墓葬地，载至二十一世。该族谱藏于李屋边李氏家。

《南朗岐山李氏家谱》，线装，一册，手抄本，民国27年（1938）四月编修。李氏出自陇西，迁居汴梁，后迁南雄珠玑巷，康熙二十五年（1686），石轩公由新会迁香山岐山下。内载历代宗支繁衍系、生卒年月、墓葬地，历代宗支载至四十四世，入香山宗支繁衍载至十世止。

现时，还有老人习惯把岐山村叫"李屋边"，这种称呼在一定程度上说明，姓氏在人们心目中的重要性，以一个姓氏来认定一个村，有时也能更好地被人记住。

我在李兆永先生的自传《浮生琐记》中，见到收录有一篇《我的家乡》，记载有岐山村的内容。

李兆永生于1929年，南朗岐山村（李屋边）人。自小爱好书画，曾师从廖冰兄、关山月习画。离休后广拜名师，所绘山水人物具有特色，所绘牡丹特别传神，他为华照村的民俗文化出过大力气，也一直关心华照村习俗木龙的重新挖掘。

我从李兆永女儿那里拿到他写的《浮生琐记》等自编书目。他在书中提到："岐山村（自然村），因在珠江口边上，曾主要是疍家人（打鱼的水上人）生活的地方，老一辈人都说是疍家厔（有人误为邓家厔）。宋末元初，随宋帝南迁的将军李桂窗定居中山石岐仁山三级石，孙昌泰再迁岐山。李姓繁衍众多，形成李屋边村。清朝末年，李屋边出了个举人李家璧，因村口有山名长岐山，便以周朝'凤鸣岐山'的典故，改名岐山村，村口的闸门叫凤鸣门。"

李兆永先生还讲到这处的地理环境："岐山坐落有风水宝地之称的二龙争珠的北面长岐山边，中间有一珠形的小山，说是龙珠，南面是涌（冲）口村，也有一山脉，东面是珠江口，西面原是丰阜湖。远看如水上有两条龙在争珠。小山原有一塔，说是明朝宰相何吾驺（何阁老）认为此地会出皇帝，建塔压珠。……后塔被拆，很好的景物被破坏了。小山间叫涌口门，是潮水涨退之地，过去有码头，曾有'大眼鸡船'远航美国，我祖父就是在此乘船历经三个月才到美国。涌口门还是渔港，过去建上栏下栏，收购鱼货，有很多渔民（疍家人）在此地船上和茅寮居住。上栏归岐山管，下栏归涌口管，现已另成村庄。"

如今在村里已经很难寻找到当年的生活景象，我们唯有在一些资料里找到蛛丝马迹。李兆永先生的《浮生琐记》里有一篇《我的童年》，记载了当年这个地方的生活状态：

　　1929 年农历十月十九日，我出生于岐山村。六岁就开始读小学。开学前，天未亮就由一叔公背着去北帝庙拜文昌帝君，再到凤鸣门拜魁星和文昌帝君，再到景忠祖祠堂拜孔子，然后上学。学校就在祠堂。校长本村人，叫李永戴，很有学问，魏碑体书法写得很好。美术老师叫周述明，对指导学生很有办法。我学习很勤奋，经常考试第一名。我很喜爱书法和美术，初小三年级就可以为村人写挥春（对联），学校的大地图也是我画的。我经常在家中街道的大石板用瓦片画西游记中的牛魔王、铁扇公主等人物，还架梯上屋脊眺望风景写生。

　　我九岁时，日本攻打中山，我和表兄简群逃难去香港。两个人住在父亲开的凤鸣百货店阁楼上，地方只有一小床大。两人就读岭东中学，他读中学，我读附小四年级。之前还读了半年学古文的汉华小学。以后我母亲也来了，在岐山热水瓶厂间（隔）了一间房子居住。……日占港后，生意萧条，生活困难，店的伙伴都回乡，我和母亲也回中山。中山已是日占区，学校停办。村里请了一教古文的老师谭忠厚，教古文、诗词、书法，读了一年，学到一些国学知识，也可摇头晃脑背诵古文诗词了。

　　村里恢复小学，我因在港小学未毕业，又再读小学四年级、五年级取得小学毕业，然后到镇里云衢中学读初中。天未亮出发，回来已上灯，天冷只有布鞋穿，冻得脚裂；中午只有钱吃一碗斋粉，多加胡椒粉抗冻。读了一学期，觉得没意思不读了，在家上山砍柴，帮母亲到田间干活一年。1945 年 8 月 15 日日本投降了。我绘制一批漫画，在村里街道张贴庆祝。村民都认为我是好样的，可惜这些底稿都没有了。

中山是抗日珠江纵队活动的基地,经常有宣传队来,也有几个村民参加了游击队……云衢中学也有教员是游击队员,如音乐教员周宇。因此我也受到一些进步思想影响。香港百货店有一店员李观棣,经常看地下组织办的华商报和进步书籍,如斯诺的《西行漫记》等,也给我看……这些都给我以后的前进步伐发生很好的指向。

靠山吃山靠海吃海,生活在海边的岐山村人与海打交道,在海里寻找生活的资源。李兆永写到《我的长辈》一文,也曾提到当年祖辈在岐山生活的情景:

> 我的曾祖父是采蚝(牡蛎)人,叫家启。以前没有养殖蚝,要到靠珠海市的九洲洋(珠江口),潜入江中长蚝的地方开掘。那时蚝是长在一堆,要用蚝凿掘开放在蚝盘中,游回水面放到船上,再潜水作业。据说有的形成蚝屋,钻进去出不来。我曾祖父因潜水压迫耳膜造成耳聋,人们都叫他聋公,到我这代也是遗传耳聋。我家原来都保存有蚝桶、蚝盘、蚝凿等工具,还有用蚝壳砌的蚝墙。

近海的香山人对于海是不陌生的,正是因为靠近海,让这里的先辈接触外来文化会更早一些,如他们对船只的印象还比较早,在叶曙明所写的《中山传》里有一些记载:

> 十字门外的海舶,每年如期而至,时多时少,船的体形愈来愈大,有的竟可装载三百吨货物和五六百人,一条船就是一个村了,实在大得吓人。不过,香山人对此已见怪不怪,反倒是见到体形较小的海舶经过,会啧啧称奇:横竖都是跑一趟,为什么不用条大船

呢？这小船跑一趟能赚多少？老人们嘲笑说："老鼠尾生疮——大极都有限。"北宋淳化二年（991）朝廷曾下诏，允许一些非禁榷的舶来货在当地售卖，放宽了对专卖的管制。大海舶的数量也多起来了。有些香山人跑到广州，在蕃坊外的街市，搜罗乳香、檀香、玛瑙、蕃布等物，回香山倒卖。

华照村背靠山地，面向大海，因而有着得天独厚的人居环境。

这里的村民，农闲及汛期都将到河涌或出海打鱼当作一种副业。打鱼收获，除自家食用外，多余部分则拿到市场出售，以增加家庭收入，改善生活。

中华人民共和国成立前后，林溪、岐山、麻西、麻东的村民，农闲期间，每逢农历初一、十五，计算出海水涨潮退潮时间，利用早晚到河涌或海边浅水处打鱼。在国家经济困难时期，海水退潮时，村民都结伴带上泥撬、铁钩到海边撒鱼。

遥想李兆永的曾祖父下海采蚝（牡蛎），撑船出海，踏波逐浪，日出而作，日落而息，采回来的蚝自是鲜嫩肥大，肉剥出食用，壳留下砌墙。在现时，有些村屋都还能见到由蚝壳砌成的屋墙，可见香山人懂得就地取材，丰衣足食。

我在《中山南朗镇志》读到一首与村名有关的歌，里面的内容也道出华照村各自然村村名的一些来历：

东乡丰阜湖畔"村名"歌

涌口背濠涌，驶船去舞龙。番塔塞水口，世代出侯公。炮台镇君子，安居乐无穷。一坐过麻子，复姓是欧阳。外沙名大佬，二姓是陈梁。竹洲平坦海，对面大尖峰。李屋边一姓，村主疍家庄。林屋边相连，出名三凤堂。濠涌好村场，出名富贵乡。……东乡丰阜湖，四围村庄多。各自有特色，风俗又如何？此歌属地理，暂且不啰唆。

文人墨客的加持，对一个村落的文化带来很大的促进作用。胡彬彬所著的《中国村落史》中记述，唐代的村落已经普遍开始以"村"来命名。杜佑的《通典》表明，唐代官方有明文规定，所有城墙外面的聚落统称为"村"。不过，它也许主要在北方的黄河流域。南方地区的村落，有一些是以"浦""沟""洲""渚"等来命名的。从它们的水字旁就可以看出其明显带有南方水乡的特色。"村落"一词虽是明清时代乡野聚落的泛指词汇，但文献最早可见于《三国志·郑浑传》，其云："入魏郡界，村落齐整如一，民得财足用饶。"

村落的形成，多是由同姓族人聚集而居，这种聚集的形式带有明显的血缘性质。

岐山村有海、有山，依山傍海，将山作为繁衍生息的主体，又是那么自然。当社会安定，人文的内涵会不断孕化。阎连科在《说村落》里将村落所代表的内涵写得很到位："村落在今天似乎已经成为一个符号。人们把村落、村庄、乡村等而视之，笼统解释为农民们聚居的地方。但若仔细辨认，村落、村庄、乡村似乎应该有什么差别，比如说乡村必然是在偏僻的乡下，而村庄就有可能独立出现在繁闹城市。"

村落在发展进程中，不断有文化内容注入，为村落穿起了盛装。

- 漫步华照
- 影像纪实
- 知识之窗
- 政策导航

扫码获取

第二章

铮铮亮色
——璀璨光芒耀大地

Chapter II
Brilliant Colour of Fire:
Shines on the Earth

第一节　赤子丹心照日月

动笔写本书时，我搜集了众多与李华照相关的资料。在不少的资料里，见到李华照写成"李华炤"，心间一直存疑："照"和"炤"这两个字之间有什么联系？我采访过多位华照村民，但他们也没能给出统一的答案。在一次偶然的机会，我见到中山一位党史专家，向他咨询此事。他回答，"炤"是"照"的异体字，因为地方命名里不得用异体字，所以，地名用"照"。而在当年，李华照入党时的名字用的是"李华炤"，这一点，在历届农讲所毕业生姓名表（第二届）可得到证实。

对于"照"与"炤"的区别，我查了《现代汉语词典》（第6版）。书里是这样写的："炤"是"照"的异体字。

为了验证党史专家的说法，我查找了《广东省中山市地名志》，查到有关的资料。在有关地名管理文件里，见到1986年1月23日国务院发布的地名管理条例中第四条，第（五）：避免使用生僻字。广东省人民政府1986年12月23日颁布的《广东省地名管理规定》里，第六条，第（八）：地名避免使用生僻的或易产生歧义的字。1989年1月25日，

《中山市地名管理实施办法》里，第四条，第（四）：全市范围内的镇、街道办事处和村（居）民委员会名称，镇内自然村名称，城镇街（巷）、路名称不应重名，并避免出现异名同音现象。

从这些相关的规定来看，当时华照村的名字来由也是比较清楚的。李华照烈士原用名"李华炤"，后来在用烈士名字命名村子时，使用了更常见的通用简体汉字"照"（华照村），而没有使用异体字"炤"（华炤村）。在各种资料中，烈士的名字既有用"李华炤"的，也有用"李华照"的。所以，在本书中引用部分资料时，不时会出现"李华炤"。

2023 年 3 月的一天，风和日丽，我又来到华照岐山村，探访革命前辈李华照的事迹。岐山村民小组组长李昌勤带我来到岐山村上街七巷 28 号。在村里，大家都叫昌勤为村长，他土生土长，说起话来带着浓浓的本地口音。

这是我第二次来到李华照故居。第一次是当年年初的一个中午，村

李华照烈士故居围院外景（明剑摄）

中叫财伟叔的带我寻访。财伟叔有脚疾，但他很好客，自己平日里开个三轮车收些废品，得益于村里的分红，他的生活过得不错。那天我们在岐山市场，问了一家士多的店主，想寻访李华照故居，但他们并不了解。刚好财伟叔路过，他二话没说，就让我们坐上他的三轮车，在村里转了几下就到了李华照故居。我们到故居时大门紧锁着。没想到，此次也是一样门庭紧闭。一问，才知道主人不在家。岐山村民小组组长李昌勤对我说："李华照的侄子李胜光及其家人目前定居在美国夏威夷，他们会在清明节前后回国祭拜祖先。"

其实，我进到岐山村时，最先是走到岐山市场。现时的岐山市场已经没有 20 世纪八九十年代那番熙熙攘攘景象。从岐山牌坊进去，转右就见到岐山市场门口上方的石碑雕着"岐山街市"几个大字，显得有点旧。市场门口有一间做早餐、快餐、小炒的小食店，门前写着"岐山美食"几个大字，显得有点旧。我采访 70 多岁的老村书记李帝斯时，他说，当年他任村里负责人时，为了让村民能有个地方做生意，号召村里

岐山村牌坊（明剑摄）

"岐山街市"外景，带着几分古色古香（明剑摄）

的华侨捐资修建农贸市场。"岐山街市"几个大字也出自他的手。说起市场，财伟叔说自己当年也在这里卖肠粉，自家做的肠粉是方圆四村最出名的，后来年纪大了，不再做了。"岐山街市"现在没有那么多人做生意，不过，走进里面，还可以见到肉档的摆设。

华照村这一个农贸市场，是每日进行农副产品、日用消费品等现货商品交易的固定场所，方便了广大农村消费群体，促进了农村产业结构的调整。

每当东方红日升起，岐山市场就热闹起来。村里人都爱从这里走出来，见到相熟的村民便大声打招呼，四周的光线也随着阳光的变幻不断在转化。石碑口的公路上就是岐山村公交站，不时见到有村民上下公交车。

这里的村民早已习惯了早出晚归，他们有时出去南朗市场买菜喝茶，也有人到石岐市区逛街购物。傍晚，村民就回到村里，过上他们的宁静生活。

岐山和林溪的村民傍晚吃过饭后都爱在村口稻田边的路上散步。村口有稻田点缀，让人感觉进入了田园世界。这是人与自然和谐相处的最好结合。林溪村口是一片养眼的稻田，与村屋交融后，就分出来一层是田、二层是村屋、三层是山林的自然设计。而到了麻西与岐山之间的稻田，那就是更大一片了。岐山到烟墩山中间有一大片田，筷子基中间成了主体部位，似在隔开田地的两半，但又成了田中的特色设置。那是灌溉用的设施，长长的，躺在正中央，象征着一种长长久久、长流不息的性格。倘若来到这里，你能进到村人家中做客，必定会被华照人那份热情感染。主人会邀你一起吃小食，饮上一杯热腾腾的香茶，和你聊天南地北的事。

在《南朗乡音》总第 68 期中，我见到有"李华照故居"记载："李华照烈士故居原为砖木水泥结构，坐北朝南，内有小庭院，总面积 83 平方米。20 世纪 80 年代末，由中山市人民政府党史办拨款约三万元修葺、扩建，改建为两层楼房，占地面积约 228 平方米。楼房为金字顶，二楼有阳台，外墙贴马赛克、石米、漆灰，庭院外墙有花窗装饰，室内正厅挂有李华照烈士遗像。"

李华照是首任中共中山县委书记。他在伶仃洋畔这块土地成长起来，在革命思潮熏陶下，投身于革命的洪流当中，不畏牺牲、英勇奋斗，为国家兴亡与前途坚毅前进。

从党史资料里可见，李华照（1902–1928），广东省中山市南朗岐山村人。1924 年在广州农民运动讲习所学习时加入中国共产党。1925 年任国民党中央农民部农民运动特派员，任中山县农民协会执委和农民自卫军负责人，同年冬任中共中山县支部书记。1926 年任中共中山县委第一任书记兼中山县农工学商协会负责人。1928 年 1 月 12 日英勇就义，牺牲时年仅 26 岁。

26 岁，正值青春年华，李华照把青春和满腔热血献给了革命事业，他以一己之躯坚持真理，高举理想的旗帜，奋斗不息，献身革命。先烈的功绩让后人永远铭记。

行走于华照岐山村，你会见到纪念李华照的烈士亭。凝望纪念亭，你会遥想当年李华照出生于村里的情景。

李华照（资料图片）

1902 年，晚清期间，刚经历了"庚子事变"的中华大地，满目疮痍，一片衰败。当年 8 月的一天，岐山村一户农民家庭一名男孩诞生，他就是李华照。

就在李华照出生的当年 11 月，孙中山先生离开日本赴越南，发动华侨，成立兴中会河内分会。第二年 6 月至 7 月，孙中山先生在日本东京青山创办革命军事学校，入学誓词是"驱除鞑虏，恢复中华，创立民国，平均地权"。同年 5 月，谷都雍陌人、中国早期维新思想家郑观应获得清廷钦命任"广西分巡左江兵备道"，在家乡立匾志庆。在这个民主革命思潮涌动的大时代，李华照在这片土地上开始成长。

《中国共产党中山党史人物 100 名（1921-2011）》记载了李华照出生时代的社会背景。"时值 20 世纪初，古老的帝国正风雨飘摇，革命之声四起。得风气之先的香山，也是革命思潮孕育的温床之一，无论是民主革命的先行者孙中山，还是一心主张商战的郑观应，这些前辈正为这个古老帝国的前途四处奔忙。李华照生在农村，却在革命思潮的熏陶下成长。国家和革命的意识，自小就在这个少年心中扎根。"

当时的香山，因地理位置优越，商埠建设得以推进，香山人凭着双手不断创造未来，香山人的思想与观念也比内陆人更开放些。

生于这片土地，李华照从小就感受到香山之地得风气之先，少年时他就在乡里入读私塾，学文识字。

中山因地近澳门，又水连香港，水陆交通便利，各地通商往来密集，也让依山靠海的岐山村民与外界有了更多的交往机会。

在李华照童年阶段，香山发生了巨大变化。1906年停止了科举，龙山、和风、桂山、榄山等书院先后改为学堂。1909年香山人王诜集股开辟的香洲埠建成开埠。1911年9月，林君复、郑彼岸等人领导香山起义，11月6日，占领县城，香山县宣告光复。1912年5月26日，孙中山辞去中华民国临时大总统职务后，取道澳门返抵故乡，到前山参加第七区万名群众为他举行的欢迎光荣归里大会，并到工地参加中山纪念亭奠基典礼；27日回到翠亨村与家人团聚，会见和宴请乡亲；28日到南朗（萌）圩参加欢迎大会；29日到左步乡探望诸亲友；30日辞别乡亲赴广州。

作为同乡，孙中山先生为革命事业奔走的事迹不断感染着青年李华照，特别是1911年10月由孙中山先生领导的辛亥革命，推翻了清王朝统治，建立了"中华民国"。

因家境贫寒，1916年，只有14岁的李华照经乡人介绍，到了香港九龙船坞当学徒，后来转到一家面包厂当工人。受到进步思想影响的他开启了另一种人生。就在李华照到香港的第二年（1917），俄国"十月革命"胜利，唤醒了东方被压迫的民族。长期饱受帝国主义欺侮而又在反帝斗争中屡遭失败的中国人民，由此看到了一种新的发展出路，也增强了民族自救斗争的勇气和必胜的信心。

李华照能到香港工作，与家乡的地理环境不无关系。华照村在清朝末年已有人出埠谋生，民国期间最多，而到香港、澳门谋生的也很多。

回想当年，中华民族在风雨飘摇的岁月里受尽了屈辱，李华照也在寻求进步。从1919年的"五四运动"爆发，到1920年10月李大钊等在北京成立共产党早期组织，再到1921年7月中国共产党第一次全国代表大会在上海开幕，进步思想一直引领李华照不断向前。对于李华照在香港的详细经历，能查找到的资料并不多，《中国共产党中山党史人物100名（1921-2011）》中写到一小部分：

> 在香港，几经社会的历练后，李华照愈加坚定了自己的革命理想，并开始与进步人士往来。1924年，国民党一大在广州召开，会议确立了联俄、联共、扶助农工的政策。同年7月，为培养更多的基层革命干部，国共合作的革命政府决定在广州举办农民运动讲习所。8月21日，李华照作为进步青年，被介绍到广州参加第二届学习班，聆听了毛泽东、周恩来、恽代英、彭湃等党内领导人的授课。两个月的时间不长，李华照倍加珍惜，如饥似渴地汲取进步思想，接受了系统的马列主义思想教育，并加入了中国共产党。同年11月初，他受训结业，以国民党中央农民部农运特派员的身份回到中山，同早些时候派来的共产党员、农民运动特派员梁功炽、梁桂华、肖一平（萧一平）、卢达云等一起，开展党的组织活动和发动农民革命运动。

1924年李华照在广州农民运动讲习所学习并加入中国共产党。中共中山市委党史研究室主任黄春华所写的《从农讲所走出的中山革命先驱（二）》一文当中，很清楚讲到李华照在农讲所学习的经历：

> 由于农讲所第一届毕业学员才33人，以当时广东94个县之广、农民2400万之多，为大规模农民运动之计，第二届扩充学额至225人，学习期也延长至两个半月，罗绮园为主任。该届学员中，香山籍有19人，最后14人经过战斗的洗礼顺利毕业。其中，

李华焻、梁岐玉、梁瑞生（梁九胜）、吴兆元、梁坤（梁仕坤）、冼雄标等回到家乡成为了农民运动的主力，李华焻在革命中迅速成长，其后成为中共中山县第一任支部书记和第一任县委书记。第二届农讲所学员李华焻是一名骨干精英，其参加学习时年方22，风华正茂，但已在香港有轮船杂工、面包厂工人等八年的社会历练。在农讲所学习期间，他加入了中国共产党，毕业后以农民部特派员的身份回到家乡开展农民运动。

而今，我们还可以在毛泽东同志主办农民运动讲习所旧址纪念馆网站上查找李华照（李华焻）的名字。在历届农讲所毕业生姓名表（第二届）见到了李华照（李华焻）的名字。

在相关资料里，写有这样一段文字：

1924年8月20日开学，开办地点为广州市越秀南路89号（现全国中华总工会旧址），主任为罗绮园。因第1届农民运动讲习所的学员"如是甚少，难于普及"，故第2届农民运动讲习所扩大招生名额，达到225人，其中女生13名，学习时间也相应延长。原计划是先上课两个月，再进行军事训练半个月的，后因场地及老师问题，故先行军事训练。1924年10月30日毕业。毕业人数142人。

李华照在农民运动讲习所学习了发动农民运动的知识，也锤炼了他的革命意志。

《挺起钢铁的脊梁——大革命及抗战时期中山红色故事》一书也提到：

1924年7月3日，第一届农民运动讲习所学习班在广州开班。梁功炽、萧一平和郑千里三名中山籍青年参加了这届农讲所学习。

农讲所是大革命时期国共两党合作创办的培养农民运动骨干的学校。举办农讲所的使命，正如《中央农民运动讲习所开学宣言》中所说："是要训练一班能领导农村革命的人才出来，对于农民问题有深切的认识、详细的研究、正确解决的方法，更锻炼着农运的决心，几个月后，都跑到乡间，号召广大农民群众起来，实行农村革命，推翻封建势力。中央农讲所可以说是农民革命大本营。"

在李华照没有回到家乡前，香山的农民运动火焰已熊熊燃起。

回到了熟悉的家乡工作，李华照自然更得心应手，他动员工农，激发工农群众的政治热情，带领工农参与斗争。

在李华照等共产党人的努力下，党在中山农村活动的力量不断壮大，各级农会如雨后春笋纷纷建立。从此，在中山这片土地上，带着星火光芒，迎着东方朝阳，农民的命运燃烧出了希望。

当时，外部环境为农民运动的开展创造了条件。《孙康与横门保卫战——一位坚定革命者的成长历程》书中写到几个阶段的农民生存环境：

中山县最重要的农业作物是水稻，随着民国初期珠江三角洲掀起"弃田筑塘、废稻种桑"的高潮，以桑基鱼塘为代表的桑蚕养殖业开始在中山北部迅速发展起来。据1929年的《中山农业概况》记载，1925年是中山桑基鱼塘发展的高峰期，"全县农户以谷米为最大宗，桑蚕次之"，形成了以水稻、桑蚕为主体的农业生产结构。

……

20世纪20年代的中山县农村人员成分复杂，粗略可分为地主、乡绅、自耕农、佃农、耕仔、蛋民、小商贩、土匪恶霸等。自耕农和佃农、耕仔、蛋民一样，都处在中山农村结构的底层，生活困苦。中山大部分农民终年劳动却不得温饱，生活环境十分恶劣。正常年景下，农民的收入所剩仅够糊口，遇上歉收灾年，则不得不向地主借取"春借五斗，夏还两石"的高利贷。如此年复一年，债台高筑，被迫卖儿卖女，或被当成"猪仔"卖到外埠当苦力，苦不堪言。不少农民因沉重的经济负担沦为匪、盗、流氓。哪里有压迫，哪里就有反抗。这种特殊状态，为农民运动的兴起、燎原提供了外部环境。然而，在小农经济的个体性和分散性的制约因素下，要把广大农民群众组织起来，向封建势力做斗争，建立人民民主政权，必须紧紧地依靠中国共产党。农民运动讲习所的开办，以及学员们返乡实践，恰如其时地推动了农民运动的蓬勃发展。

当时，香山县各种势力角力，农民的生活更加不易，凝聚农民力量去斗争十分必要。

1925年3月12日，"中华民国"陆海军大元帅孙中山逝世，3月23日，香山县各界在县城学宫举行追悼大会，沉痛哀悼孙中山，两万多人参加。4月，在共产党的领导下，成立中山县农民协会。

《从农讲所走出的中山革命先驱（二）》记载了农民协会的一些情况：

> 1925年4月，中山县第一次农民代表大会召开，成立中山县农民协会，李华炤当选为执委。在开展农民运动的过程中，李华炤致力于组织农民自卫军，特别是第二次全县农民代表大会后，再次当选为执委的李华炤更加注重加强农民自卫军的组织训练，捍卫农会会员利益，抗击土豪劣绅的破坏活动，维护社会治安。李华炤组织的农军模范队，从每个乡的农民自卫军中挑选精干人员参加，还

从黄埔军校请来中共党员教官进行军事训练和政治教育，纪律严明，战斗力特别强。

我找到当时的相关资料，见到"农会会员誓词"：

农会会员誓词

服从农会命令，遵守农会纪律；

按章缴纳会费，拥护多数决议；

不分地方界限，不分姓氏差别；

不得借会营私，私斗尤须禁绝；

凡属本会会员，务须亲爱团结；

万众一心向前，打倒贪官豪劣；

帝国主义军阀，专吸工农膏血；

工农联盟起来，敌人完全消灭。

在共产党的领导下，中山的农民运动逐步深入。李华照在组织能力与军事能力上都非常出色。他的军事才能和组织领导才能在 1925 年 11 月平定中山"林、袁之乱"时崭露头角。

据《中国共产党中山历史大事记》上册（1921-2020）记载：

10 月 25 日，一盘踞在中山的二区安堂人、香顺沙田自卫总局局长林警魂和西江第一路总指挥袁带，勾结港英当局，纠集民团、土匪五千余人，袭击前山，占领石岐，破坏省港大罢工。

当时，广东革命军 11 个营前来平乱，抵达小榄后兵分两路向石岐进发，其中一路由李华照率领。长期负责农军发展的李华照还得到了四区各乡农军的策应，一路势如破竹，兵不血刃。1925 年底，中共中山县支部委员会成立，隶属广东区委，李华照任支部书记。中共中山组织的建立，让中山工农革命运动有了坚强的领导和明确的奋斗目标。中山支部通过各种革命群众组织开展工作，如以农会名义领导农民减租减赋，利用新学生社组织青年开展学运，开办短期中山县训育养成所培养青年骨干，开办扫盲夜校向贫困群众学生宣传革命思想。短短大半年时间，中山的中共党员从最初的以农民部特派员十多人为主发展到工人、农民、青年知识分子等群体，到 1926 年 8 月已发展党员 27 名，先后建立了低沙（位于今南头镇）、濠涌（位于今南朗街道）、张家边（位于今火炬开发区）、长命水（位于今五桂山街道）、茅湾（位于今神湾镇）、南屏（位于今珠海市）等支部或党小组，1925 年底，中共中山县委在全县群众革命运动高潮中成立，李华照为首任县委书记。这一时期，中共党员已成为全县农协、工会、青年团、妇女协会等革命组织的组织者和领导者，李华照还是"中山县农工学商协会"的负责人；中共中山县委还在国民党十三师派驻中山的三十九团政治部内发展了一批党员，成立了党小组。就连中山县国民党改组委员会，李华照也是委员之一。虽然挑起中山农协执委、党组织负责人这一重任时，李华照还不到 24 岁，但革命斗争的锤炼已使他成为一名智勇双全、成熟干练的领袖人物。1925 年，驻军 29 团团长围剿麻子乡农民自卫军，打死一名农军队员。李华照领导的中山农工学商协会到省署请愿，得到国民党广东省党部、省署、省农会的支持，扣留了肇事团长并罚其赔偿几千元给死者家属，还解散了原有民团。同一年，针对中山九区土匪、护沙队强行勒收苛捐杂税的恶劣行径，李华照与九区乡农会一起发动农民组织农军，向护沙队开展抗缴护沙费的斗争，最终迫使护沙队解散。1926 年春天，中山县农民协会组织农会会员三千多人在石岐联欢，县民团畏惧农会的不断发展壮大、企图破坏，于是纠合了附近各乡的民团，扛来一百挺机关枪在石岐游行。李华照沉着应对，分析敌我形势，判定民团只是虚张声势、不敢轻举妄动。于是，农协调动农军在会场外围加强戒备，联欢会继续举行。1927年"四一二"反革命政变后，中共中山县委遵照广东区委的指示，准备发动农民武装起义。县委在石岐以召开农工学商协会执委扩大会议为名，研究具体计划，决定由李华照任起义总指挥，4月23日在县郊卖蔗埔（位于今东区奕翠园、桃苑新村附近）集结各乡农民自卫军三千人，攻进石岐，夺取县政府政权，再北上联合顺德县农军，支援广州起义。但由于起义计划被泄露，当大部分农军还未到达时，驻守在卖蔗埔的一百多名农军已被国民党反动派的军队包围，战斗提前打响。这时，李华照带领部分主力刚刚到达，马上投入战斗，经过两小时激战，李华照等在陆续赶来的部分农军的增援下带队突出重围，其余各路农军撤回原地。起义失败，农军伤亡十多人，然而，这是中山人民在共产党领导下用武装斗争夺取政权的一次尝试，打响了反抗国民党反动派的第一枪，为以后的武装斗争提供了宝贵的经验和教训。卖蔗埔起义失败后，李华照被中山县当局通缉，但他不为所惧，继续组织领导共产党员、农运骨干开展地下革命工作，计划发动小秋收暴动。然而，1928年1月李华照从中山三角至澳门后被国民党密探拘捕，押回石岐审讯。面对威逼利诱，受尽严刑拷打，李华照宁死不屈。1月12日，他在被押赴刑场的途中放声高唱《国际歌》，高呼"打倒反动统治""打倒土豪劣绅""中国共产党万岁"等口号，就义时年仅26岁。

26岁，正值青春怒放之时，为了革命事业，李华照勇于献身，这种大无畏精神，值得我们致以崇高的敬意。

岁月如烟，长风如影，英雄已逝，精神永存。功昭日月千秋颂，义薄云天万古存。

在岐山村村头，岐山市场旁边，李华照烈士纪念亭、纪念碑肃穆而立。

夏日的一天，也是在我见到昌勤后，我与70多岁的老书记李帝斯聊上了天。我从他口中了解到，李华照烈士纪念亭建于1998年，是中山市人民政府为纪念中共中山县委首任书记李华照烈士而拨款兴建的。李华照烈士纪念碑则是华照村党支部和村委会于2002年李华照烈士一百周年诞辰时出资竖碑，记载其生平事迹，以志纪念。

李华照烈士纪念亭为四角亭，水泥钢筋结构，亭身为粉红色马赛克，翘角为黄色琉璃瓦。纪念亭的四角种有松树。纪念亭正上方有大理石石刻，刻着"李华照烈士纪念亭"，为欧初题字。纪念亭建筑占地面积67平方米。

李华照烈士纪念碑为黑色大理石材质，高1.7米，宽1.1米。底部的红色大理石基座长1.7米，宽0.6米，高0.4米。纪念碑正面刻有《李华照烈士碑记》。

在村小组的村长办公室里，我与李帝斯聊完天后，准备走出门外，抬头见到墙

1998年建的李华照烈士纪念亭（明剑摄）

上悬挂着李华照烈士的一张遗像。画中的他十分年轻，浓眉深目。李帝斯说，这是村里人画的，画得很像。

英烈承载着跨越时空的精神力量，纪念亭是华照村人的共同回忆。纪念亭前面行人不断，村民在前面郁郁葱葱的榕树下乘凉，不时讲起李华照烈士的革命事迹和崇高精神。李华照的故事在村中广为传颂，不断激励着后人。

李帝斯对我讲，以前每到清明时节，村里及周边学校的学生都会前来悼念，缅怀革命先辈，并献花致敬。他们望着整洁干净的纪念亭，细读着纪念碑上的字迹，缅怀英雄先烈。烈士的事迹感动和激励着一代代后人。

李帝斯给我讲了一段李华照在卖蔗埔起义后的故事。他听村里老人说过，卖蔗埔起义后一个夜深人静的晚上，李华照与黎炎孟悄悄回到华照村，与家人见了面。家里人也很紧张，生怕被敌人发现，就让他们在家里吃了点东西。李华照回到家里，本想筹备点路费，准备到澳门向上级驻港澳的领导同志请示汇报工作，但穷困的家里也没有钱。最后，他

2023 年春采访岐山村老书记李帝斯（黄廉捷摄）

们怕待久会被敌人发现，当晚就离开了村里。

村外稻田飘香，与葱葱的树木和远山绘就了一幅绿色的乡村美景，一幢幢村屋见证了这片土地的日新月异。时间在改变着村中的样貌，也让村落沉淀着愈加厚重的人文历史。

2021 年，在南朗街道办的支持下，华照村和岐山小组将李华照烈士纪念碑从旧址迁移至烟墩山脚并重建。新建成的李华照烈士纪念地占地面积约 800 平方米，建筑面积约 460 平方米，背山面田。中心矗立一座 5 米高的纪念碑，正面刻有"李华照烈士永垂不朽"九个大字，碑身后面立有一面丰碑墙，刻载了李华照烈士生平事迹碑文。碑身周围是一排用大理石铺砌而成的 1.2 米护栏，护栏前方建有一个能容纳约 55 人的广场，广场内草坪上种有一年常青的松柏树。周边还配有公共卫生间、停车场所等公共设施，为党组织开展教育活动提供了便利，也为广大人民群众了解李华照烈士英雄事迹提供了空间和平台。

第二节　枪声划破晨空

李华照的故事当中，我觉得卖蔗埔起义是很精彩的一笔。

提起卖蔗埔起义，老一辈的中山人无人不知。此次起义是在中山地区由共产党领导和发动的第一次农民武装起义，起义的领导人就是岐山村人、时任中共中山县委书记李华照。这次起义虽未获成功，但其意义影响深远。

而今，在东区起湾道的卖蔗埔起义遗址公园内，榕树、玉兰树、樟树等树木成群，小公园内竖立着"卖蔗埔起义遗址纪念碑"，还有李华照、黄健、孙康、韦健、刘广生、黎炎孟等革命前辈的事迹介绍，卖蔗

2021年从旧址迁移过来的李华照烈士纪念碑（明剑摄）

李华照烈士纪念碑及周边（明剑摄）

埔起义简介也在一旁的宣传栏上清楚地写着"卖蔗埔起义背景""卖蔗埔起义意义""卖蔗埔起义的经过"。宣传栏的对面还有卖蔗埔起义中山党史系列漫画，公园内红色主题的内容常让市民驻足。

回想当年革命的岁月，处处有惊心动魄的故事。

1927年4月12日，蒋介石公开背叛革命。国民党广东省当局亦步亦趋，于三天后在广州发动"四一五"政变，四处逮捕屠杀共产党人和工农运动中的积极分子。4月15日晚，中共中山县委委员黄健刚好到达广州找省委组织部的沈青汇报工作，沈青即向黄健传达了中共广东区委"要求全省各地党组织和农军加紧做好武装暴动的准备工作"的指示，着其立即返回中山向中共中山县委传达。

面对严峻形势，李华照与黎炎孟、刘广生、黄健等县委委员商量决定将党团组织联合起来，成立中山县革命行动委员会，组织发动中山农民武装起义。4月19日晚，县委以召开农工学协会执行委员会扩大会议为名，在石岐大街11号小洋楼房内，研究起义计划。会议传达了区委指示，分析了全县的革命形势，决定成立中山县工农革命行动委员会，由李华照、黎炎孟任总指挥，并定于四天后（4月23日）的上午举行起义。具体行动的计划是：动员全体农军投入战斗；做好驻中山的国民军十三师三十九团的策反工作，号召他们内部起义；联合农军，进攻石岐，消灭国民党中山县大队；夺取县政权后，北上联合顺德县军，支援广州起义。以四区得能都区农

2011年立的卖蔗埔起义遗址纪念碑
（黄廉捷摄）

在卖蔗埔起义遗址，李华照等烈士的生平介绍竖于一旁（黄廉捷摄）

会所在地卖蔗埔为起义集结点。卖蔗埔位于中山四区牛起湾、齐东、濠头先锋宫交界的山丘地带，离县城三公里。四区得能都区农会会址在该山丘左侧的一座葵棚大厂房内，县工农革命行动委员会起义总指挥部设于此，决定集结全县三千农军到此，举行誓师后，再向县城石岐进发，与石岐工人武装及三十九团会合，夺取县政权。然而，当负责驻中山的国民军十三师三十九团内应工作的李其章（中共党员）前去做三十九团参谋长周景臻工作时，老奸巨猾的周景臻表面上装着赞同起义，还假惺惺地向该团中校政治指导员王器民表示同情革命，愿率全团官兵参加起义，与农军并肩战斗。在套取了起义计划后，周景臻暗中联合县兵及土匪武装连夜出动，包围了驻守在卖蔗埔的四区农民自卫中队。

　　4月23日天刚蒙蒙亮，李华照带领农军主力到达卖蔗埔，与四区农民自卫中队中队长熊晓初、指导员周秀文带领的100名农军会合。随即，廖桂生率领的一区农军中队也进入了包围圈。敌军即发起进攻。发现被包围后，三支队伍奋起还击。激烈战斗持续了两小时，后在陆续赶到的部分农军的增援和掩护下，李华照等突出重围，撤向张家边、白企、贝头里一带。其余各路农军得此消息即退回原地，改为分散隐蔽活动。县兵攻入卖蔗埔后，放火烧了四区农民协会的厂棚。

在战斗中，农军伤亡数十人，一区农军中队队长廖桂生在突围中英勇牺牲。四区农军中队队长熊晓初被俘，幸而被随县兵大队到战场的县立男子师范学校同学郭应彪认出，向大队长求情。熊晓初最终免于一死，但被送进了监狱。

卖蔗埔起义是中共中山县委领导工农群众反对蒋介石集团叛变革命的首次武装起义。由于事发突然，准备仓促，以及幼年时期的中共中山组织的武装斗争经验不足，加上处于敌强我弱的形势，此次起义最终失败了。但它是中共中山县委在大革命时期发动农民武装夺取政权的一次尝试，为此后的武装斗争提供了可贵的经验和教训，产生了深远的意义和影响。

卖蔗埔起义失败后，国民党中山县当局加紧进行"清党"，解散农会，搜捕和杀害共产党人和革命群众，李华照等人遭当局通缉。

我经常来位于东区卖蔗埔起义的遗址。遗址位于起湾道利来街小公园内，榕树参天，树荫下草坪上竖立着"卖蔗埔起义遗址纪念碑"。一旁还有健身的体育设施，市民平时多在这里活动。中共中山市委于2006年6月14日以"中委办〔2006〕49号文"核定公布中山市首批革命遗址，卖蔗埔起义旧址就是其中之一。2013年4月，为纪念卖蔗埔起义86周年，中共中山市委在东区利来街小公园草坪竖立卖蔗埔起义遗址纪念碑，以志纪念。

讲到卖蔗埔起义的意义，卖蔗埔起义遗址公园宣传栏也有提到：中山卖蔗埔起义，是中共中山组织在领导工农革命运动中，用武装斗争夺取政权的尝试，是中山人民在中国共产党的领导下，拿起枪杆子，敢于武装反抗反动势力的开端，表现出共产党人和革命工农群众不惧敌人的血腥屠杀，奋起抗争的大无畏精神。

第三节　轰轰烈烈的农民运动

红色的故事代代相传。在华照村这片地域里，还有一处值得我们关注的地方，就是麻子乡农民协会。

现在能讲述麻子乡农民协会故事的人已经很难寻找到了，我只有在资料里了解它的成立过程。

麻子乡农民协会是中山县乃至珠三角第一个成立的农民协会。其旧址在梁氏季安祖宗祠，坐落于中山市南朗街道华照村麻东小组，占地面积约 1100 平方米，建筑面积约 300 平方米。1924 年，广东农民运动发

麻子乡农民协会成立旧址（上），后由麻东小组出资修缮为梁氏季安宗祠（下）（华照村委供图，组图）

展迅速，在参加过首届农讲所学习的肖一平（萧一平），中共党员梁九、梁功炽、梁桂华等的推动下，1925 年 4 月，中山县第一届农民代表大会在仁厚里召开，出席大会的各级农会代表 100 多人。大会庄严宣布成立中山县农民协会，号召农民团结起来，提出"平均地权，耕者有其田"和"二五"减租口号，免除了一些苛捐杂税，组织农民自卫军，开展反帝、反封建、反土豪劣绅的斗争，推翻黑暗统治。

2020 年，为推进乡村振兴战略实施，充分发挥华照村红色文旅资源优势，华照村麻东小组集体利用征地款约 380 万将祠堂修缮。目前祠堂已修缮完成，华照村党委将继续提升周边设施以及完善祠堂内部陈列元素，为党员群众打造重要活动阵地。

在《中山市志》（上）里的"大事记"中，也记载了麻子乡农民协会成立的情况：民国 13 年（1924）底，四区麻子乡农民协会成立，为香山县第一个农会，会长陈帝灿。

广东人民出版社出版的《中山青年运动百年》一书第一篇《洪流中锻炼成长》中提到麻子乡农民协会成立的经过。

1924 年 7 月 3 日，第一届农民运动讲习所（下称"农讲所"）在广州开班。三名香山籍的青年参加了这期农讲所学习。一位是粤汉铁路工人、中共党员梁功炽，由杨殷介绍参加该期学习。另两位是肖一平和郑千里。他们在农讲所学习农民运动的理论和方法。彭湃亲自带学员到广州市郊实习，向学生传授海陆丰农民运动的经验。

1924 年 8 月 21 日，在大元帅府礼堂举行第一届农讲所毕业典礼及第二届新生开学典礼。孙中山到会训词，鼓励学生"到各乡村去联络农民"，指出"解决农民的痛苦，归结是要耕者有其田"。参加者有肖一平、梁功炽、郑千里、李华照、梁岐玉、冼雄标、吴兆元、梁坤、梁瑞生、关仲、朱子雄、陈官祥、杜泽荣、黎汉庭、王杰儒、郑议、马卓腾等 17 名香山籍青年学生。

　　1924 年 7 月 3 日至 1926 年 9 月，共举办六届广州农讲所。在中共组织的关怀下，前五届中山先后选派了 32 名青年人到农讲所学习，他们中部分在学习前已是中共党员，其他青年在学习过程中亦纷纷加入了中国共产党。

　　8 月 14 日，广东省省长廖仲恺，中共党员、国民党中央组织部部长谭平山一行乘坐战舰从广州开赴香山。在视察县城后，他们便转到九区大黄圃出席香山九区民团成立大会，视察农民运动情况。随行人员有中共广东区委派出的梁九以及农讲所第一届学生肖一平等，香山县长等有关人员以及卫队等也一同前往。九区民团成立大会会场位于黄圃镇郊小山冈，参加大会的有 5000 多人，大都带有长枪短枪。省长亲自到中山发动农民运动，使中山广大农民备受鼓舞。随后，农民运动在中山逐步兴起。

　　廖仲恺省长离开香山后，肖一平、梁九以国民党中央农民部特派员身份留在香山做农民运动工作。梁九是东乡人，对该片的人和环境都较熟悉。他提出，四区的麻子、濠涌一带村庄较大，人口较多，农民受压迫重，出外谋生的人也比较多，见识广些，较开通，且附近村庄也多，如果能在麻子打开局面，影响一定很大。两人遂决定先从麻子乡着手，每天白天到村外田头地角，找寻机会接近农民，渐渐与村中较有威信的陈崇维交上朋友，联络了一批中青年村民，向他们宣传要解决好农民生活问题和不受剥削压迫就必须团结起来组织农民协会的道理，宣传孙中山的"联俄、联共、扶助农工"三大政策，也把廖仲恺省长亲自到九区参加民团大会讲话的情况告诉大家。孙中山的故乡翠亨村离麻子乡很近，农民对他很是敬仰，对其"扶助农工"政策深信不疑。此时，农讲所首届毕业生、青年共产党员梁桂华、梁功炽也以国民党中央农民部农民运动特派员的身份被派回香山，组织领导农民运动。

　　他们到麻子乡与梁九、肖一平会合。梁功炽本是麻子乡人，工作进展更为顺利，参加聚会的村民越来越多。他们把带来的农民协会章程分发给大家阅读，逐条解释。经过充分的筹备，1924 年 9 月，麻子乡农民协会成立大会在梁季安祠堂召开。前来看热闹的妇女和小孩以及老人把祠堂挤得满满的。当祠堂门口挂起麻子乡农民协会的招牌时，鞭炮齐鸣，众人热烈鼓掌。麻子乡农民协会不仅是香山县成立的第一个农民协会，也是珠江三角洲地区成立的首个农民协会。

麻子乡农民协会成立后，即提出"平均土地，耕者有其田"和"二五"减租（即减 25%）的口号，免除了一些苛捐杂税。李华照常回岐山村，在朝岩祖祠堂（现岐山小组老人活动中心）组织农民协会成员，积极向群众宣传减租减息，以推翻旧政权。由于担心被反动派捕获，他晚上不回家睡觉，而是选择上岐山和冧麻山过夜。

针对香山军政部向该乡勒收每亩白银一毫的"自卫总局费"，麻子乡农会发动农民进行抗缴。由于农民团结力量大，斗争取得了胜利。为维持地方治安，巩固农会组织，防止地主和土豪劣绅的破坏，该乡组织起农民自卫军。30 多名青年农民报名参加。枪支有农民自带的，也有本乡公产，又把村后门山一部分大树砍下卖掉，买了一批七九步枪，总共 30 多支。自卫军经常进行军事训练，晚上巡逻，乡村治安好转，乡里的事情有农会负责处理，大家都拥护农会。

麻子乡农会在维护本乡农民利益和敢于向土豪劣绅开展斗争方面，为以后在全县范围内发动更多的农民组织农会树立了榜样。至 1924 年 9 月底，四区濠涌乡和九区的陂头沙乡、二股乡、浪网沙乡、小黄圃乡农民协会以及香山第九区农民协会筹备处相继成立。

在中共党员和农民特派员的组织发动下，同年冬天，四区的左步、岐山，九区的大黄圃、孖沙，六区的翠亨、上栅，一区的树涌、深湾、长洲、长命水等区、乡农会陆续建立。九区大黄圃农会还选出了共产党员、农运特派员卢达云为该会的会长，他是本县最早担任群众组织领导职务的共产党员。

在此，还得提一下梁纯义。有人认为梁纯义与梁功炽是同一人，也有人认为不是同一人。由《南朗历史文化丛书》编委会编、广东人民出版社出版的《南朗俊杰》记载了梁纯义的事迹。下面引用讲一讲。

梁纯义，1901年出生于南朗麻子东堡一个农民家庭。小时候，由于村里没有学校，他要到邻村麻子小学读书。因此，在本村办一所学校，使村中的孩子们都能上学，是他从小的心愿。

1924年7月，国共合作的革命政府在广州开办农民运动讲习所，培养农民革命干部。第一届农讲所学员梁桂华、梁功炽等结业后被派到香山从事农民运动。由于梁功炽是麻子村人，他们以该村为落脚点，开展党的活动和发动农民革命运动，并于1924年底，在麻子村成立了农会，成为香山县第一个村农会，继而又建立了农民自卫军。接受进步思想影响的梁纯义参加了村农民协会和农民自卫军，积极宣传革命道理，宣传"二五减租"，为农民兄弟办事。由于表现积极，他被推选为麻子村农民协会秘书。他多次参加革命群众的游行示威，"打倒列强，除军阀，革命尚未成功，齐奋斗"是他们最常唱的歌。农会是农民自己的组织，因此，乡村的事情，都拿到农会和农军组织去解决。农民自卫军查缉走私，在政治上和经济上一定程度地限制了土豪劣绅的压迫抽剥，很受农民欢迎。当地的土豪劣绅对此恨之入骨，千方百计进行破坏和捣乱，多次组织土匪军攻击农民自卫军，破坏农会，恐吓农会会员。但在县农会的领导下，各乡村农民协会紧密合作，配合农民自卫军对土匪进行反击。

大革命失败后，梁纯义受到通缉，被迫离乡别井到香港，后转赴千里达（即特立尼达和多巴哥共和国）谋生。开始时受雇于人，略有积蓄后，自己经营商业，开设餐厅，由于经营有方，业务不断拓展。身在异国的梁纯义心系祖国，十分怀念参加工农革命运动的日子，关注祖国的前途和命运。1949年10月，中华人民共和国成立了！消息传到千里达，梁纯义欣喜若狂，为表达自己的爱国之情，他把自己经营的餐厅更名为北京餐厅。中华人民共和国成立初期，由于国民党的歪曲宣传，华侨对共产党和新政府还缺乏正确的认识，加上帝国主义的封锁禁运，侨汇难通，侨资办的事业几乎陷于停顿。梁纯义以实际行动支持新政府，于1949年1月28日，汇30英镑给南塘村的外甥简信联，并指定要到人民银行按牌价兑换人民币，以表其爱国之心。人民银行的负责人深受感动，虽是星期天也破例收兑。这是人民银行中山支行创建后第一宗收兑的外币。当时香港出版的《广东中山华侨》第15期报道了此事并刊登了梁纯义的来信。

20世纪60年代，梁纯义曾三度回国。1961年，60岁的他首次从千里达返抵家乡陈梁村。目睹阔别30多年的家乡风景依旧，但人们的精神面貌焕然一新，无限感慨。他与乡亲们叙话家常，回忆当年，心情舒畅。1964年他再度回国，原抗日民主政权滨海区负责人欧曼宽陪同他前往广州农民运动讲习所参观。望着粉刷一新的农讲所被完整地保留下来，忆往昔，梁纯义不禁热泪盈眶。他流露出不再去千里达，而要归国定居的念头。欧曼宽鼓励他继续返回千里达发展，多做华侨工作，支援祖国建设。梁纯义遂于1966年捐资兴建陈梁学校以改善乡中弟子的就读条件。学校为表彰梁纯义大力支持家乡教育事业的善举，把学校定名为"纯义堂"，后更名为纯义小学。1968年是他第三次也是最后一次回国。这趟回国，梁纯义原欲捐资修建水库以解决村民饮用水和农田灌溉，但时值"文化大革命"，村干部不敢接收。始终未忘故国情的梁纯义在改

在麻东村还能找到梁纯义捐款兴建的纯义小学（明剑摄）

革开放前已离开人世，临终前嘱咐儿子梁国灿回国寻根问祖。梁国灿遵循父愿，于1986年和1987年两次回乡，并捐款修茸学校。

第四节　名人辈出

南朗华照人杰地灵，名人辈出。《南朗俊杰》一书就记录了华照村古代的一位俊杰——欧阳显。欧阳显，南朗麻子村人，生卒年不详，南宋年间任福建莆田县教谕。

"教谕"是什么官呢？在词典里有这样的解释：官名。宋朝始置于太学附属小学，一至二人，掌训导、考校、责罚学生。徽宗崇宁四年（1105）各州武学亦置。政和五年（1115）各路医学又置。南宋初，州学不置教授者亦置一人，掌学事。元朝于县儒学及医学置。儒学由任满并考试合格之直学选充，任满后考查合格者再升学正、山长。明朝置为县学正官，不入流。每县一人，掌学政，教诲生徒。清朝沿置，改正八品。

也就是说，早在南宋年间，华照村就有到福建莆田县从事教育工作的杰出人物。可见，这里较早就提倡崇文尊教。

《南朗俊杰》一书还提到以下多位名人。李桂窗，南朗岐山村人，生卒年不详，南宋末年敕封威武大将军。李景新，南朗李屋边村人，生卒年不详，明洪武十九年贡生（进士）。林泰，南朗林屋边村人，生卒年不详，明建文元年己卯科第二十名举人，授浙江乐清县知县。林晖，南朗林屋边村人，生卒年不详，明正统三年戊午科第三十三名举人，授广西庆远府同知。李新，南朗岐山村人，生卒年不详，明正统五年任广西桂林府灌阳县教谕。欧阳晖，南朗麻西村人，生卒年不详，清同治年间任香山左营都司、昭武校尉。李家璧，南朗岐山村人，生卒年不详，清代光绪年间中举人，任职香山县东乡局局长（相当于县长职），广东咨议局议员。

年代久远，对于华照古代的俊杰也只在一些史书上零星可见，在这里把他们列举出来，是为了让后人更多地感受到血脉的流荡。所谓"木无本必枯，水无源必竭"，精神原乡的守护，有时需要更多的寻根溯源。

近代与当代的华照村名人，《南朗俊杰》一书里提到的还有不少。如欧阳荣之，麻西村人，清光绪年间举人，试用直隶知县，民国时期曾任广东省护沙统领。

李甫，岐山村人，早年到粤汉铁路当工人。第一批参加杨殷在铁路工人中组织的中国共产党外围组织"十人团"。1923年春由杨殷介绍加入中国共产党。1924年参加工团军。先后任"十人团"团长、粤汉铁路党支部委员兼青年团组织负责人、中共北江地委委员。曾参加过平定商团叛乱和平定刘震寰、杨希闵叛乱及省港大罢工。南昌起义时任工农军大队长，随军南下至广东。广州起义失败后转移到香港九龙船坞任中共党支部书记。中华人民共和国成立后，在广州市劳动局工作至退休。

李连，岐山村人，早年到广州粤汉铁路当工人，1922年由杨殷发展为中国共产党外围组织"十人团"的第一批成员。1923年春由杨殷介绍加入中国共产党，是中国共产党在铁路工人中的骨干，曾参加平定商团叛乱和平定刘震寰、杨希闵叛乱以及省港大罢工，广州起义时任铁路工人赤卫队大队长。1927年12月13日，在广州黄沙车站抵御薛岳部围攻战斗中壮烈牺牲。

李锦蓉（1909—1999），女，南朗岐山村人。1925年在上海参加共青团，同年被保送苏联莫斯科大学学习，与张闻天、蒋经国同班。1927年到菲律宾参加抗日活动。回国后在北京博物馆工作，在中联部离休，1999年病逝。

《南朗俊杰》中还有烈士英名录，其中与华照村有关的有梁叶、阮京木、梁桂满、梁名喜、梁观和、梁纯兴、李华照等。

红色华照村，革命火种，生生不息。2023年初的一天，我在华照村委会见到了村党委书记、村委会主任欧阳建章。他是麻西村人，1979年出生，当过兵，2008年底到村委会劳动保障服务站当专职人员，一直在当村干部，工作勤恳又踏实。他很想给华照村出一本村史，听说我在写华照村的文学纪实，便显得格外开心。

欧阳建章对我讲了华照村的历史、村里的发展进程，还有当地的名人。他说华照村名人、乡贤特别多。他特别讲到革命烈士欧阳强，我从他提供的一份华照村名人录中见到有关欧阳强的记载。在我找到的欧阳强的相关资料里，见到欧阳强生卒时间（1894—1948），他生于南朗麻子村（麻西）的一个归国华侨家庭。1913年，19岁的他就离家到了唐山，在机车车辆厂当徒工。那一年，李华照才 11 岁。我没找到有关他们相识的相关记载，但相信，同样来自南朗华照村，一个在岐山、一个在麻西，年纪上相差不大，两人应相识。

《韶关日报》（2021 年 9 月 15 日）曾有一篇报道写到欧阳强的历史：1913 年，欧阳强到唐山投奔大哥欧阳全，经人介绍到京奉铁路唐山制造厂当学徒。第一次世界大战期间，段祺瑞政府派遣数批华工开赴欧洲前线，从事战勤和后方保障工作，欧阳强是其中之一。

广东人民出版社出版的《挺起钢铁的脊梁——大革命及抗战时期中山红色故事》一书中的介绍更为详尽。

1922 年 10 月 13 日，欧阳强参加唐山机车车辆厂 3000 多名工人举行的大罢工。最终，罢工取得了胜利。1923 年 1 月，欧阳强经邓培等人介绍，加入中国共产党。1925 年，欧阳强被调到锦州地区沟帮子机务段机车修理厂当钳工。很快，他就和地下组织党员李华灿、李加晓、冯昌等人取得联系，建立了沟帮子党支部，任支部书记。1928 年，欧阳强率领沟帮子 70 多名铁路工人，包围铁路机关"公事房"，向铁路当局提出增加工资等要求，迫使反动当局给工人增加了工资。1929 年年底，铁路当局对北宁路各站停发年终"花红"，工人生活十分艰苦。1930 年 1 月初，在中共满洲省委的领导下，欧阳强带领沟帮子 100 多名铁路工人发动争"花红"斗争。在工人们的强大压力下，北宁路当局被迫让步，同意发给工人"花红"。1930 年初，为了加强营沟线营口车站的工作，中共满洲省委派欧阳强到营口机务段工作，并担任营口特支书记。为了提高工人的阶级觉悟，在欧阳强的主持下，营口特支发动工人集资建立了一所"工余学校"。同时，特支又把营口工会组织恢复起来，发展会员七八十人，成为坚强有力的战斗集体。1931 年 2 月，在满洲省委会议上，欧阳强当选为中共满洲省委委员，负责北宁路工运工作。此后，他和营口特支书记熊殿瑞一起，领导铁路职工和市内工

欧阳强烈士墓（资料图片）

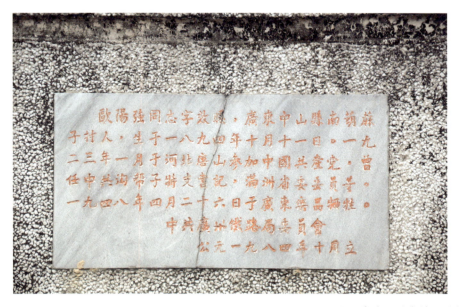

欧阳强烈士墓碑文（资料图片）

人、学生抵制日货运动。1931年，欧阳强因右胳膊被日军流弹打中，被送往唐山铁路医院救治。伤愈后，他便留在唐山铁路机务段当钳工。1932年，欧阳强在唐山被国民党反动当局秘密逮捕。在狱中，面对反动派的严刑拷问，欧阳强坚贞不屈。反动当局慑于群众的威力，不得不在1933年释放欧阳强。1936年，粤汉铁路竣工通车。全国铁路总工会华北工作委员会决定派欧阳强到广东工作。之后，欧阳强前往乐昌车站工作，秘密负责领导乐昌地区人民的革命斗争。1938年10月，欧阳强任湖南郴县地区党支部书记。1945年抗战胜利后，欧阳强在乐昌建立"铁型俱乐部"，继续从事工运斗争。1946年初，国民党第二次逮捕欧阳强。虽经工友声援出狱，但反动当局开除了欧阳强。为了革命的胜利，欧阳强以卖药为掩护，从湖南的郴州到广东乐昌、韶关、广州沿线，继续为党做宣传、组织工作。1947年10月9日晚，一群国民党便衣特务逮捕了欧阳强。在狱中，他坚贞不屈，不为利诱所动，经受严刑拷打无所畏惧。1948年4月26日下午，在广东乐昌枇杷岭山下的一片松林旁，国民党反动派杀害了欧阳强，其牺牲时54岁。

《南朗乡音》的《红色足迹——南朗革命老区村、革命遗址概览》一文中介绍，欧阳强烈士原本安葬在广州起义烈士陵园，1984年10月，中共广州市铁路局委员会应家属要求，在其故乡麻西村后山竖碑建墓。墓地开阔幽静，为水泥结构，占地约346平方米。坟坪长16.5米，宽13米，高耸着四根华表石柱，柱子上各有一只琉璃瑞兽。墓前有四级台阶，墓室左边有一块石碑，碑文刻着欧阳强烈士的生平简介。

欧阳建章还给我讲了华照村另外的一些名人，如李炳祥（李锦蓉的哥哥）、李锦蓉、李禄超、李郁军、李东海等。事情有时就是这么巧，在我见完欧阳建章不久，我见到了李昌勤。土生土长的他对本村一草一木都非常熟悉。那是春季的一个下午，没有云的天空下天气有些热。他带我到了一家祠堂，祠堂门外写有"农村幸福院"。李昌勤说，这家祠堂平时多是给村里的老人家娱乐，或村里开大会才用。这间静隐公祠已经有400多年历史，是清康熙年间所建。我进到祠堂里，很惊叹，因为里面的墙上贴有村里的名人介绍，一问才知道，这是上届村小组做的宣传。李华照、李炳祥、李锦蓉、李禄超、李郁军、李东海等村里名人的事迹都有介绍。

我当时想，如果条件允许，村里也可以建一个名人馆了。2010年10月，中山市启动"我为中山善治献一策'金点子'大赛"活动。当时收集金点子时，一位叫"没粥男郎"的网友建议把南朗名人历史景点串联起来，以建设中国第一个"名人故居群"文化工程作为中山市文化名城建设的重要内容。他建议："可把翠亨村孙中山、杨殷、陆皓东、杨心如，南朗村程君海，左步村阮玲玉、欧初、方成，泮沙村王云五，一直到华照村李海鹰等名人予以整合，建成中国首个'名人故居群'进行文化推广宣传，打造南朗文化名片。"

李帝斯曾对我讲到岐山村的名人李禄超。他说李禄超是孙中山的英文秘书。我在宣传栏里见到了李禄超介绍。李禄超（1890—1986），字家驹，男，李屋边（岐山）人。李禄超在美国大学毕业后即加入同盟会，任孙中山英文秘书，1917年任大元帅府秘书，1922年任军政府驻港军事委员，次年任大本营秘书。1925年被选为国民党中央委员，先后任广州国民政府国营实业管理委员会委员、广州市财政局局长，广东省政府委员兼实业厅厅长。1929年，以国民党中央委员身份出任中山模范县县长。李禄超任县长未及一年，又被派任墨西哥公使，回国后，再度任广东省政府委员。孙科出任铁道部长时，即委任李禄超担任广九铁路局局长。日本侵华期间，先移居香港，后侨居美国及中美洲特立尼达。1986年7月回广州定居，被安排为市政府参事室副主任，不久因病逝世，终年96岁。

《南朗俊杰》一书当中，对于李禄超的介绍就更加详尽。李禄超，字家驹，1890年出生，南朗岐山（李屋边）村人。其父李君勤旅美经商，事业有成，以孝道为治家格言，重视祭宗拜祖。李禄超生长在这样的环境，中文、英文的根底都很好。李君勤拥护孙中山的革命主张，与孙中山甚投契。孙中山在美国宣传革命时，曾得到他的热情招待及资助。孙中山对天资聪颖、勤奋好学的李禄超十分喜爱。李禄超在美国大学毕业后即加入同盟会，任孙中山的英文秘书；1917年任大元帅府秘书，1922年任军政府驻港军事委员，次年任大本营秘书。1925年李被选为国民党中央委员，先后任广州国民政府国营实业管理委员会委员、广州市财政局局长、广东省政府委员兼实业厅厅长。

1929年，李禄超以国民党中央委员身份出任中山模范县县长。其母亲林受恩是基督教徒，以博爱为怀，对子要求甚严，要其子做到政清人和、从善为主。李是个有名的孝子，遵循母训。当时中山的烟档赌馆林立，李上任伊始便严禁烟赌。他办事作风雷厉风行，亲力亲为，经常微服巡视，查访赌档烟馆。一次，他微服到南朗墟巡视，发觉该处吸鸦片烟和赌博之风严重，即先到南朗墟尾拜访堂妹，找堂妹夫陪同到墟头的牌九档了解情况。李劝赌徒烟民及早回头，免遭法办。当时，墟人不知他是县长，赌徒亦误认其是来捣鬼的，经堂妹夫说出其身份，赌徒才惶恐散去。此事在当地曾一度被传为佳话。

《中山县事半年刊》是1929年发行于广东的地方行政刊物，内容为李禄超任职中山县县长半年间的政府公报辑录，仅此一期。该刊开辟有插图、序、法规、议事录、任免令、办事报告、计划、地方自治、呈文、公函、布告等栏目。插图包括该刊卷首刊登的孙中山遗像和孙中山遗嘱，遗像两侧还刊登有"革命尚未成功，同志仍须努力"的遗言，以及目录前刊载的《中山县城马路图》。序部分由时任中山县县长的李禄超题写，记载了其任职时该县的社会环境以及政治环境，希望通过自身的努力使中山县的政治、经济、教育、文化等领域有所建树。"禄超自五月一日就任，至十月三十一日告一段落，十一月一日则已改组县政府，当此半年中盗贼逼境、库储空虚、计书万端，没由实现。徒努力鞭策亦进程无几，昔人云邑由流亡愧俸钱受事。六月建树毫无设施，未当能勿愧汗流浃背，此岂环境使然耶？禄超不才之遇矣，尚幸乃心清白可对乡里，兹将六月经过事实汇辑成书作为公报可作为予之识过录，亦可从往则另编县政府公报以资国人。"由此可知该刊为李禄超任职期间的政绩专载，仅此一期。法规中刊载有中山县公署暂行办事细则、禁烟相关的条例以及捐资与学校褒奖规程等法令。议事录记载该县召开会议后的会议记录，围绕具体讨论事项进行研讨，有《十八年八月二十九日为会议禁烟条例计细则事》。办事报告刊载有中山县及所属行政机关最近建设及实施行事项、整理事项、提倡禁革事项，以及中山县最近治安情形及维持办法、最近有无发生重大事件、中山县领域内面积及户籍人口概述、山川形势及人民生活概况、赋税收入等各领域的基本情况。办事报告还刊登有《中山县十七年度学务概况》图文统计版的详细报告。计划中刊载县政府近期的计划推进事项，其中包括《中山县国民识字运动计划书》《筹办县立工读学校计划书》等。地方自治栏目介绍中山县教育文化及地方自治之状况。该刊较为详细地记载了李禄超在职期间中山县的基本情况，发布的法规、记录的细则，政府的任免令、县属各机关的报告、计划规程、地方自治状况，刊登的政府公文等，是研究中山县历史，尤其是李禄超任职期间的县政的重要史料。

李禄超任县长未及一年，又被派驻墨西哥任公使，回国后再度任广东省政府委员。

李禄超任县长时间之短，与当时复杂的政治环境有关。在《珠海传》里，有写到何谓模范县。"模范"并非优秀之意，而类似于今天政府设立的"试点"或者"特区"。民国有1700多个县，"模范县"就是在地方政治、经济、教育、文化等方面先行先试，为其他县乡树立学习的榜样。

唐绍仪多次谈到："我就是做一个县知事，当可把香山建设妥当。"他认为，"治中国者，乃乡村而非首都"，并表示"中国之事不能行于一地方者，即决不能推行于全国也"。主政中山，正好遂其所愿。

1929年4月，中山训政实施委员会在中山县治所在地石岐成立，委员会全由清一色中山籍人士组成，唐绍仪任主席，孙科、吴铁城、蔡昌等权要名流任委员，曾担任孙中山英文秘书的李禄超担任首任县长。

中山模范县虽小，影响却不可小觑。它不仅是孙中山的故乡，而且归国民政府直接管辖，享有充分的自治权。

根据《中山县训政实施委员会组织大纲》规定，广东省政府应接受委员会决定计划，专令中山县长依照执行，省政府对中山县长任免须得委员会同意，每年国省两税收入总额至少保留百分之二十五为本县地方行政之用。

中山模范县，俨然成为国民政府的国家级特区。

在唐家湾乡亲的欢迎会上，年近70岁的唐绍仪满怀对故乡的深情，慷慨陈词："总理（指孙中山）为柱石，我们为砖瓦木碎，我们建造一所房屋，柱石固然是重要材料，砖瓦木碎也不能不需要。建国纲领，以县为自治单位，我们砖瓦木碎材料，正合在一处建筑起来，为县自治努力。"

然而，这却遭到素有"南天王"之称的广东省主席陈济棠的不满。尽管省政府不能干涉县政，但他还是改派自己的心腹秘书黄居素担任县长，将李禄超取而代之。这也造成现代研究这段历史只提黄居素，而忽略了李禄超。

《南朗俊杰》一书中讲到李禄超晚年的情形。广九铁路自广州连接罗湖至香港尖沙咀，是当时一条十分重要的交通要道。该铁路分属民国政府和港英当局管理，双方接触需要一个能干且精通中英文的外交人才。孙科与李禄超是挚交，甚赏识李之才干。孙科任铁道部长时，即委任其为广九铁路局局长。精通中英文的李禄超与港英方面合作融洽，管理工作井井有条。日本侵华期间，广九铁路局主要行政人员陆续转业，李转业后先移居香港，后侨居美国。其子李国兴往中美洲特立尼达经营实业，李亦随之迁往定居。

1985 年，中山市人民政府在落实侨房政策中，优先退还李禄超的祖屋。李禄超接到通知后，亲笔写信回乡表示感谢。翌年 7 月，他回到阔别 40 年的广州市定居，受到广州市人民政府的厚待，被安排担任广州市人民政府参事室副主任，不久因病逝世，终年 96 岁。

李禄超在广州的故居还保留着。李禄超的儿子根据父亲的遗愿，把他的遗像安放在李禄超故居。李禄超一生热爱祖国的心魂，已与故国、故居萦绕在一起了。他早年投身革命，壮年建设祖国，晚年以一颗赤子之心回归祖国的高风亮节，也留在了故居，让人凭吊。李禄超故居位于荔湾区文昌路观音直街 19 号，是一座很普通的房子，楼房为砖木结构，高三层，坐南向北，通面宽 6.5 米，进深 27 米。首层楼高 4.6 米，二楼高 4.2 米，三楼稍矮，也有 3 米多，建筑风格中西合璧。首层正门以绿豆色石米批荡，门框及左右两个窗户的窗楣饰以巴洛克风格的模线，正门右侧为楼梯小门，二楼及三楼正立面为水泥批荡，几条简练的柱线贯穿上下，二楼带西式小阳台，阳台正面护栏两边为水泥混砖砌成，中间一段为铁铸花式图案，饶有特色。室内布局与装饰大致如西关大屋，地板铺花阶砖。屋前有约 20 平方米的小园，过去种植有白兰树，并设置盆花、盆景，园小幽雅，可见房主人也是儒雅之人。

在岐山村的祠堂里，可以见到"菲岛抗日英雄李炳祥"的醒目大字，对于这位村中名人，大家可能了解得不多。

《南朗俊杰》一书中写道，李炳祥，又名李永孝，祖籍中山南朗李屋边村，1905年8月1日出生于菲律宾马尼拉市。李父是菲律宾华侨，轮船锅炉修理技师，思想开明，是洪门致公堂成员。李母善良贤淑，虽不识字却重视儿女教育。她担心儿女们长期在菲律宾生活会忘掉自己的祖国，就把17岁的李炳祥和他的弟弟送回家乡念书。

李炳祥回国后，先就读于上海复旦中学，后转入青年会中学。其间，他参加了上海大学夏令讲习所，开始接触马克思主义和共产党，1924年秋参加社会主义青年团，同年冬，加入中国共产党。李炳祥能说一口流利的英语和国语，不久，受陈独秀委派到驻张家口的冯玉祥部任翻译。中途曾逗留在北京，暂在苏联驻华大使馆工作，常给宋庆龄送各种资料，做联系人。1926年春，中共中央安排李炳祥在国民革命军第一军当翻译，又随同国民革命军第四军的顾问团一起北伐。北伐战争后，受中共中央委派到汉口，担任苏联顾问鲍罗廷的英语翻译。1927年7月15日，汪精卫在武汉公开叛变革命，中共中央决定让李炳祥随鲍罗廷由蒙古撤回苏联，然后留在莫斯科学习。但因当时其妻子王亚璋（中共第五届中央委员会候补委员）已怀孕，不能长途跋涉过沙漠，经周恩来同意，返菲律宾从事革命活动。

出生在马尼拉的李炳祥，从小就与当地人接触，会讲加禄语和英语，后来，又学会了西班牙语，对他在当地参加各种活动十分有利。1932年"一·二八"事变后，李炳祥在马尼拉创办了一份英文日报，宣传抗日，揭露日本帝国主义侵略中国的罪行，在影响菲律宾的舆论同情中国人民的抗日斗争方面起到很好的作用。中国抗日战争爆发后，他与菲共吕宋局委员许立（许敬诚）等在发动华侨支援中国抗日救亡运动方面做了大量工作。他身为旅菲华侨劳工团体联合会顾问，努力动员华侨和国际友人支持抗日进步力量，发动华侨募捐支援八路军和新四军，并组织一批华侨青年回国参加新四军。皖南事变的消息传到马尼拉后，李炳祥与许立等发动侨团集会声讨破坏抗战的摩擦分子，通电声援新四军，继续募捐支援新四军。此外，他还创办《建国周报》，推动旅菲华侨中的高级知识分子成立中国之友社，经常组织举办"中国问题"讨论会，编印以英语为主的宣传手册，向国际友人宣传中国抗日形势，并组织考察团到中国武汉、徐州等地考察中国的抗日情况。

1942年1月2日，日军占领马尼拉，菲律宾人民即在吕宋岛中部组织菲律宾人民抗日军。作为华侨民主运动的代表人物，李炳祥与菲共吕宋局委员许立等坚决执行中共中央关于建立抗日民族统一战线的方针，积极发动由马尼拉撒至吕宋岛中部的华侨青年，成立菲律宾华侨抗日游击队（简称华支）。中国侨民组成独立的抗日队伍，在异邦山河与当地人民一道开展抗日游击战，这是华侨史上绝无仅有的事。"华支"于1942年5月19日建立，被编为菲律宾游击队第48支队，"48"含有尊敬中国八路军和新四军的意思。这支队伍能征善战，纪律严明，吃苦耐劳，在三年多的时间与敌人进行大小战斗260多次，歼敌2020人，战绩辉煌。

菲共吕宋局翻译李炳祥任华支与菲律宾人民抗日军总部的联络员，参加领导这支队伍辗转战斗。其间，他虽几次被日军扣留，但每次都机智地逃脱了。1943年3月，日军为对付菲律宾人民抗日军的"雨季攻势"，向吕宋岛中部开展全面清剿，调动了同等数目的500兵力伪保安队，同时以飞机轰炸相配合，对以阿拉悦山树林为中心的抗日军，进行长达十天的围剿。当时，李炳祥欲与几位菲律宾人一起冲出封锁线，而同伴却决定向敌人投降，坚持不降的李炳祥独自在巴公西吉村的大草地藏了两天，由于人生路不熟被日本兵抓获。尽管遭受敌人的严刑拷打，他坚持不暴露身份，称自己是菲律宾人，信奉天主教。在马尼拉出生的李炳祥加禄语说得很流利，敌人难辨真假，李才摆脱了毒手。

1945年1月，美军在菲律宾重新登陆。2月4日，华支和菲律宾抗日游击队进入马尼拉城，华支占领了伪华侨协会，升起第一面中国国旗。当天的《华侨导报》出中英文号外多次。这时，李炳祥负责对美军、菲律宾政府及华侨各界进行联络工作。由于他态度稳健持重，应对得体，各方人员对他都有好感和信任，使华支在美军入城后仍有保持武装的合法地位。尔后，华支派六个大队配合美军空运师，开赴吕宋岛南部共同向山地搜索，肃清残敌。菲律宾光复初期，华支向美城防司令提供了日军的数量和驻地、军火库等准确情报。当肃清了吕宋中南部和北部残敌后，美军要求配合作战的游击队在离开前把武器交还，唯独华支被允许全部人员携带武器，开到墨菲兵营集中。这在当时是对华支特殊的尊重。菲律宾临时政府内部还规定华侨商店开业，须经华支开具在沦陷期间无"资敌"行为的证明，才准营业。为表彰李炳祥在菲律宾抗击日军战斗中做出的贡献，1998年夏，菲律宾退伍军人总会追授他奖状与奖章。

美国著名记者埃德加·斯诺到菲访问，李炳祥即去拜访他。李与斯诺是于1940年新西兰作家艾黎赴菲募捐搞"工会"时认识的，老朋友相见，自然十分高兴，李向斯诺介绍了华支的情况。1946年底，由于身份暴露，李炳祥从菲律宾转移到香港，在华南分局领导下继续从事海外华侨工作，后从香港转往解放区，曾在北京协助筹备亚澳工会代表大会和亚澳妇女代表大会。1950年后在中央机关工作。由于多年在艰苦环境下工作，李炳祥身患多种疾病，于1957年秋因风湿性心脏病发作而瘫痪，至1959年6月12日病逝，享年54岁。英雄李炳祥成为作家们写作的对象，有作家将他的真实故事写成书。作为同乡，李炳祥的事迹也是李兆永关注的对象，李兆永先生在自己编录的《搜奇集》中记载了有关李炳祥的内容，如收录在《中山侨刊》2005年第3期的《〈风雨太平洋〉与李炳祥一家》。

著名作家杜埃所著长篇小说《风雨太平洋》真实生动地反映了第

二次世界大战期间，旅菲律宾华侨组织
抗日游击队与当地人民并肩作战达三年
零四个月的可歌可泣的故事。作者以当
时侨领李炳祥（又名李永孝，菲名霍斯
特·李）家族为原型，比较真实地反映
了他在抗日斗争中的领导才能和英勇
机智。

杜埃著作《风雨太平洋》封面

李锦蓉（《风雨太平洋》中李锦芙
的原型，1909—1999），李炳祥大妹，
出生于马尼拉，1925 年在上海参加中国
共产主义青年团，同年被保送到莫斯科
中山大学学习，与张闻天、蒋经国同班。1927 年回国后，又回到菲律
宾，积极参加抗日活动。中华人民共和国成立后回国，在北京革命博物
馆、中联部工作。李锦蓉的丈夫许立（《风雨太平洋》中称许庚）回国
后曾任中联部副部长。二妹李锦苏（石英）（《风雨太平洋》中李锦治
的原型，1911—1999），在菲积极抗日，回国后也在中联部工作。李炳
祥大女儿李丽君（《风雨太平洋》书中李丽姐的原型），自小参加抗日
活动，回国后曾任全国归侨联合会联络委员，在中国国际广播电台离
休。二女儿李利群，自小参加抗日活动，回国工作，曾任人民大学副教
授。李炳祥妻子王亚璋（1902— 1999），书中称欧芹，小学教员，在《风
雨太平洋》一书中没有着重描写。其实她也是个风云人物，1925 年加
入中国共产党，任上海总工会委员，1927 年被选为中共第五届中央委
员会候补委员，被国民党通缉，撤回菲律宾参加地下抗日机关和游击队
工作，后做华侨中上层妇女工作，1949 年回国。

李炳祥还有一个弟弟李炳仪，是化学工程师，曾积极支持抗日工
作，回国后在广东韶关石人嶂锡矿任工程师。可见，李炳祥一家是革命

的大家庭，是华侨的骄傲，也是中山人的光荣。

在宣传栏上，我还见到了李郁军的介绍。原珠江纵队教导团参谋李郁军是南朗岐山村人，生于 1928 年 8 月 20 日，1942 年参加革命工作，1943 年加入中国共产党，是三等甲级残废军人，1992 年 10 月因病逝世，享年 64 岁。早在民主革命与抗日战争时期，李郁军便参加中山抗日游击队，曾任珠江纵队的前身——中山抗日义勇大队的排长、代连长，西江人民抗日义勇大队大队长。李郁军 14 岁参加革命，为中国的解放事业和国家社会主义建设奋斗了 50 年，在抗日战争和解放战争时期，先后参加大小战斗 78 次，两次光荣负伤。他英勇善战，多次受到嘉奖。

在华侨人士方面，华照村也出了一个响当当的人物。他就是李东海，第八、第九届全国政协常委，香港友好促进会主席，香港东泰集团公司主席，香港东华三院历届主席会主席，香港中山社团联合会首席永远名誉会长，香港中山侨商会会长。李东海不仅事业辉煌，更因爱国爱港爱乡之情怀，成为海内外颇具影响的长者。

据《南朗俊杰》一书记载，李东海，南朗岐山村人，1928 年在家乡出生，1949 年由广州赴香港发展。他以"自强不息，将勤补拙"自勉，先后创立了东泰贸易公司、东泰财务有限公司、东泰证券有限公司、东泰实业有限公司、东泰财务投资有限公司、加拿大城市融资管理有限公司等，成为香港知名股商。

李东海凭着数十年的勤勉刻苦，事业一再创高峰。他到港后的第三年，即 1952 年，便独资创建东泰贸易公司，主营电器进口及冻虾出口业务。由于所学无线电专业，使其对电器业的发展有深刻的认识和了解，生意逐渐发展，该公司在 20 世纪 70 年代成为上市公司。1973 年，当股价上到最高点时，他以四倍于原价将东泰贸易公司出售，又于 1983 年把公司买回，赢利不少。20 世纪 70 年代，事业已有一定基础的李东海，看到香港国际金融地位正逐步确立，意识到投资事业有发展前景，于是，勤奋学习有关财经知识，虚心向业内人士求教，继而跻身证券行业，成为证券经纪人。除成立了东泰公司外，还创立了东泰财务公司，向客户提供各种投资方面的财务协助服务。继而，出任海外信托银行董事和海外财务有限公司董事长，成为业内举足轻重的人物。

李东海（资料图片）

"能为社会做点事，结识各方面的朋友，人生便感到更加充实。"身兼多家公司主席及上市公司董事的李东海，虽生意繁忙，但他将三分之一的时间和精力投放到社会公益方面。香港的每一个大型慈善公益活动，几乎都有他的参与；内地不少贫困地区都曾出现过他的身影；为消除西方一些国家对中国政局的偏见和误解，他又频繁出现在多国政要的会客室内，被誉为"民间外交家"。李东海在香港中环交易广场的写字楼会客室内，陈设着十多帧各国元首颁授的证书和几个热心公益活动的奖杯、奖牌。其中有英女皇颁授的员佐勋章和官佐勋章，意大利最高级的大十字爵士勋衔，法国荣誉骑士和比利时里奥普司令勋衔等。这都是李东海数十年来奉献给社会公益事业的爱心以及拓展工商贸易、推动中西文化交流等方面多有建树的印证。

李东海从 20 世纪 60 年代初起致力于社会公益活动，出任香港童军总会副会长，对青少年教育、培养出钱出力。1967 年出任香港历史悠久、机构庞大的慈善机构东华三院总理，不久任主席会主席至今。在他主持期间，于 1989 年倡导"爱心满东华"免费医疗服务捐助计划，并率先垂范，热心赞助并积极呼吁。这项活动每年均筹得数千万港元的慈善款，为香港地区提供免费医疗病床打下了坚实的经济基础。四川汶川大地震发生后，李东海即向灾区捐出 100 万港元，充分体现了血浓于水的同胞情。

为使香港顺利回归祖国和维护香港繁荣稳定，李东海以其影响力团结各界朋友，为推动爱祖国爱香港事业和发展做了大量卓有成效的工作。1992 年 9 月，港英当局强行推出违反中英联合声明和基本法的所谓"政改方案"，严重干扰了香港的平稳过渡。此时，李东海挺身而出，联合香港 21 位太平绅士签署了一份给立法局议员的公开声明，呼吁要考虑香港的历史和现状以及来之不易的中英合作良好局面，以贯彻中英联合声明和基本法，保持香港平稳过渡和长期繁荣为要，否定彭定康"三违反"的"政改方案"。声明的发出起到了振聋发聩的作用。为使回归庆祝活动能安排高水准节目和给香港市民一个美好的欢娱时刻，香港各界庆祝回归委员会一致推举李东海出任筹募组组长，主持筹款活动。李东海认为这一活动有广大市民参与才更有意义，遂提出"庆回归，为公益千万行"这一为各界接受的主题，并以果敢的作风和影响力，亲力亲为，使筹款活动大获成功，筹款数远远超出人们预期。庆典后，积余部分成为"庆回归基金"。"七一"回归庆典后，香港特首董建华亲自上门向为筹建香港特别行政区政府做出卓越贡献者致谢，第一站便是李东海处，以褒奖他在回归过程中所做的贡献。

李东海积极宣传《香港基本法》，于 1989 年 3 月发起成立了以为爱国爱港人士提供活动联合渠道，促进香港繁荣稳定，推动中外各地经济文化交流为宗旨的"香港友好协进会"，并被推选为主席。该会成立以来，组织编写、出版、发行了《基本法一百问》通俗读本，与中央电视台联合摄制了《基本法与香港》专题宣传节目，多次邀请国内有关专家到香港做讲座交流，增进了相互间的了解，为香港平稳过渡做了大量的工作。

李东海为香港平稳过渡所做的贡献，得到国务院和社会各界的肯定，被推选为第七届全国政协委员，当选为第八届、九届全国政协常委；1995 年被国务院和新华社香港分社聘为港事顾问，其后又被全国人大常委会委任为香港特别行政区"筹委"委员和被选为"推委"委员，直接参加了特区政府的筹建工作。1999 年 7 月 1 日，李东海获香港特别行政区政府颁授紫荆勋章。1999 年 10 月 1 日，应邀出席中华人民共和国成立 50 周年的盛大阅兵仪式观礼。2006 年，在香港回归的第十个年头，李东海获颁代表香港特区最高荣誉的大紫荆勋章。

爱国爱乡的李东海对家乡事业同样表示极大的关注。他深情地说：香港就犹如一件精细的玉器，经过数十载的精雕细琢，才有今日之成就；它未来能否保持繁荣，与祖国大陆密不可分，香港和内地日益加强的合作关系，是惠泽两地事业的。中山毗邻港澳，又处于祖国改革开放的"潮头"，有两地合作的"地缘"优势。发挥这一优势，对中山发展有积极作用。他热心为两地交流搭桥，曾两次率领香港友好协进会的会员和知名人士 100 多人返回家乡考察。2001 年 10 月 7 日，由李东海等发起，香港友好协进会与香港各界文化促进会主办、中山海外联谊会协办的"辛亥革命九十周年纪念晚会"在香港会展中心新翼大礼堂举行。香港多位行政会成员和立法会议员、港区人大代表、政协委员、各大学校校长、学术机构和企业的领袖，以及各界社团代表共 1600 多人出席了晚会。他倾情家乡教育事业，从 1980 年至今，先后捐出人民币 561 万元，资助南朗街道岐山村李东海小学、李东海理工学校、李东海幼儿园、中山教育创新奖励基金等。此外，他还在国内多个省市资助教育和公益事业。在 2002 年举行的第四届世界中山同乡恳亲大会上，李东海殷切倡议：为响应国家关于"教育创新"之呼吁，为推进家乡和国家之教育事业一尽绵力，本人谨向大会倡议成立中山市教育创新奖励基金。同时，本人愿捐出 100 万元人民币作基金之用，以期抛砖引玉。唯愿海内外乡亲，积极响应，同心同德，玉成此事。

家乡人民对德泽桑梓、慈善为怀的李东海十分敬佩。2002 年 11 月 8 日，中山市人大常委会授予李东海中山市荣誉市民称号，以表彰其对家乡做出的贡献。

多年来，李东海多次率领香港友好协进会的会员和香港其他知名人士返回家乡参观考察。面对改革开放给家乡带来的巨大变化，李东海感到无比自豪："青年时代的故乡，要行路到左步头搭小船回家，交通非常不便。现在交道四通八达，可乘车直接抵达家门口，变化真大。"这是在《悠悠两地情：中山与香港回归前后的故事》一书里，李东海接受记者采访时的讲话。

十年树木，百年树人。一直以来，以家乡的教育事业为己任的李东海，在寻找一种对教育事业永久性支持的根本办法。作为社会名流，李东海身上有着各式各样耀眼的光环，但在他的心中，他永远是依偎在祖国母亲怀里的孩子。无论社会活动多忙，对于家乡的要求他总是尽心尽

原李东海小学旧址，现已改成民宿（明剑摄）

力，认为家乡的事就是自己的事，家乡的要求他定当有求必应。他常常动情地说："我爱我的祖国，我爱我的家乡，我以自己身为中山人而自豪！"

现今，在南朗还建有李东海纪念馆。现任香港东泰集团主席、香港大紫荆勋章获得者李东海之子李君豪，继承父辈爱国爱港爱乡的赤诚情怀，竭心尽力、尽己所能服务国家、服务社会。为了加强青年的爱国主义教育，李君豪在家乡中山建立了"李东海纪念馆"，通过介绍父亲的生平，让更多青年了解老一辈香港同胞爱国爱港爱家乡、乐善好施的精神。不过，这个纪念馆没有放在华照村而是位于南朗翠君路。

走在祠堂里，可以了解到村里名人的事迹。李昌勤说，祠堂里对名人的宣传是李帝斯在任时做的，这些内容是在一些刊物上收集、整理后，印刷制作挂上墙的。这个具有年代感的名人宣传栏与祠堂的古朴配合得很默契。

除了祠堂里介绍的俊杰，华照村还有以下名人值得大家来认识一下，均在《南朗俊杰》中有记载。

欧阳驹，字惜白，1896年出生，南朗麻子村人。早年肄业于陆军小学，后加入同盟会。辛亥革命时，任陈其美部光复军排长、连长。1914年考入陆军第二预备学校，毕业后升入保定陆军军官学校第三期，同学有余汉谋、黄镇球、李汉魂等人，日后皆在国民党军队中担任重要职务。1917年后，欧阳驹被护法军政府参谋部部长李烈钧委为高级副官、参谋部军事调查员，后任滇黔赣军总司令部副官长兼抚河巡缉所所长。

在第一次国内革命战争时期的几个紧急关头，欧阳驹都坚定支持孙中山。1922年6月，陈炯明发动叛变，炮轰总统府。翌年5月，为讨伐陈，孙中山组织了东路讨贼军，欧阳驹任东路讨贼军第一路司令部参谋长，随孙中山征战，把陈逐出广州。随后，东路讨贼军第一路改称广东省警卫军，欧阳驹仍任参谋长，担负起广州的治安整顿和前线军需、弹药的补给任务。1924年他随孙中山北伐，驻守韶关。广州商团乘广州兵力空虚之机，在叛军陈炯明及帝国主义的支持下，企图颠覆广东革命政府，挑动商民罢市示威。孙中山急调驻韶关的北伐部队回师广州，时吴铁城、欧阳驹等率领部队，在广州工团军的配合下，一天之内平定了商团叛乱。1925年初，不甘心失败的陈炯明，趁孙中山离穗北上之机，在帝国主义和北洋军阀的支持下，自称"救粤军总司令"，集中六万兵力，图谋进攻广州。广东革命政府于1925年1月25日发布《东征宣言》，同时将新辖粤、滇、湘、桂等军组成东征联军，分三路进兵，围攻惠州。当黄埔军校协同粤军在淡水、海陆丰、潮汕等地与陈属洪兆麟部决战时，陈军第一军军长林虎见有机可乘，即率众从紫金、五华偷袭右路军后方，广州大本营及时调驻江西的粤军第一师陈铭枢旅和欧阳驹率领的警卫师等部增援。陈铭枢旅及欧阳驹师出河田，击陈军之背。到3月中旬，除惠州未攻下外，陈炯明在东江的势力基本被打垮，第一次东征取得胜利。孙中山在病榻获悉，不胜欣慰。

之后，欧阳驹历任国民革命军独立第一师副师长，第十七师副师长、师长，虎门要塞司令，潮梅警备司令，广州市公安局局长，广东警官学校筹备主任、校长并兼任广东省保安处处长，国民党广州市党部执行委员，国民政府陆军少将、淞沪警备司令部参谋长，广东省政府委员兼秘书长。曾获三等云麾勋章。1938年12月，广东省政府改组，乃去职，翌年任国民党驻港澳总支部执行委员。后任闽粤赣边区副总司令。1945年5月，当选为国民党第六届中央执行委员。8月15日，日本宣布无条件投降。8月下旬，国民党一八六师师部进驻汕头市。9月15日，侵占汕头各地的日军4800余人在少将小野修带领下向国民党军队缴械投降。欧阳驹奉命接收汕头，于28日上午9时，在国民党潮汕前进指挥所二楼主持受降仪式。欧阳驹于1946年7月任广州市市长，至1949

年 10 月被免职后到台湾，曾任"总统府"国策顾问。1958 年 6 月病逝于台北，享年 63 岁。

而今，在麻西村，还能见到欧阳驹旧居。虽然破旧，但小别墅一般的旧屋，建筑别致，可见瓦顶、圆柱、红砖。房屋不高，不过有走廊围绕，走廊上都有瓦，不用怕淋雨。听村里人说，当年每当欧阳驹回村，这个地方都会很热闹。

华照村的名人里，也有不少是文化界的知名人士，欧阳秉森就是其中一位。欧阳秉森，1941 年出生，南朗麻西村人。他"出生于岭南，长于齐鲁，建树于青藏"，"享有世界屋脊山水画先驱"之誉。欧阳秉森 15 岁开始习画，先后师从关友声、傅抱石、金芬、李苦禅、郑诵先、秦仲文诸大师，逾半世纪孜孜不倦，成为中国当代著名画家之一。20 世纪 70 年代，欧阳秉森开始进入创作佳期，先后出版画册四本。80

麻西村欧阳驹旧居（梁释文摄）

年代初，他倡议并参与创作的"台湾同胞爱国怀乡诗意画展"在中国美术馆展出，在海内外引起很大反响。1980 年，为在艺术上推陈出新，他踏上青藏高原，一待就是 12 年，足迹遍及整个高原大地与西北高山大川。经过长年积累与领悟，他觉得"青藏之性"，持笔"就能展现高原的风貌与神奇"。2001 年，欧阳秉森满载硕果返回山东。其笔墨功力纯厚、赋彩沉着鲜明，章法多变，内涵丰富，长于题跋，所作以书法入画，以情使笔，以气胜得之，气势磅礴，小品意境深邃，笔精墨妙，令人玩味。

1989 年，欧阳秉森荣获中日美术交流展最高荣誉金盾奖。1993 年，他应邀赴台参加海峡两岸名家书画交流活动。作品多次在国内外大展中获好评。他的作品还被北京人民大会堂等国内外诸多博物馆、美术馆、重要场所收藏。2005 年，欧阳秉森向北京市赠送了历时一年创作的巨幅百米长卷《祁连春润图》，受到中共中央政治局委员、北京市委书记、北京奥组委主席刘淇的亲切接见。中央电视台一套新闻节目报道了捐画情况。《人民日报》及其海外版与《北京日报》均有采访报道。

欧阳秉森认为，2008 年在北京举办奥运会，是中国人民的光荣和骄傲，全国人民都关注着北京，期盼着奥运圣火在北京熊熊燃起。北京申奥成功后，他就一直琢磨着怎样为北京为奥运做一点事情。2004 年春天，他开始构思，初夏动笔，一直到 2005 年春节，终于创作完成了百米长卷《祁连春润图》。为了画好《祁连春润图》，他三次专门深入祁连山采风，穿越祁连山的次数则多得他自己都记不清了。在欧阳秉森心中，祁连山既是一座自然的山，有着西北大山的磅礴气势，也兼具内陆大山的秀美风光。更重要的是，祁连山还是一座人文的山，古老的丝绸之路就从山下逶迤通过，东西方文化在这儿碰撞交流，千百年绵延不绝。2008 年奥运会的一个特别重要的理念就是"人文奥运"。这届奥运会必将在中外文化交流、东西方文化交流史上留下浓墨重彩的一笔，这也正是欧阳秉森创作《祁连春润图》的深意所在。

欧阳秉森曾任中国石涛艺术学会理事、国际书画学会学术委员、世界兰蕙交流协会山东分会名誉会长、中国书法艺术研究院山东分院顾问、润华书画院副院长。

> 遥远的夜空
> 有一个弯弯的月亮
> 弯弯的月亮下面
> 是那弯弯的小桥
> 小桥的旁边
> 有一条弯弯的小船
> ……

这首《弯弯的月亮》让词曲作者李海鹰红遍了大江南北。李海鹰也是华照岐山村人。

"岐山村还有一位名人，这个讲出来你们一定知道，就是著名词曲作家李海鹰。"当欧阳建章讲给我听后，我有点惊讶。1996年我在广州当文化记者时，曾经采访过李海鹰，对于这位流行音乐界的重量级人物，当时并不知道他就是华照岐山人。我相信，很多听过《弯弯的月亮》《七子之歌》《过河》《走四方》作品的人也是如此。我在《中山日报》里找到了一篇关于李海鹰回乡探访的报道，见到李海鹰对家乡的记忆：

> "记忆中的南朗有一片一望无际的水稻田，现在这里的经济发展得很快，高楼拔地而起，环境保护和城镇建设结合得较好。"祖籍南朗的著名作曲家李海鹰及夫人来到祖父生活过的岐山村探访，对家乡的巨大变化惊叹不已。

李海鹰说："记得父亲曾讲过，这个村子叫李屋边，如今已更名为岐山村。我少年时曾在南朗生活过一个月。"早在 1967 年"文化大革命"时，当时年仅 13 岁的他和兄弟姐妹们一起来到了南朗，住在南朗亨尾一个姨婆那儿。短短一个月的生活，却使他对南朗的田园风光有了深刻的印象。

著名词曲作家李海鹰（资料图片）

"这里是我和我父亲的根，虽然我们都不在这儿出生，但一遇到什么困难，父亲首先想到的还是把我们送回家乡，向家乡的亲人求助。"去年中秋前夕，作为中山籍的岭南文化名人，李海鹰曾受邀来过中山，今年（2008 年）同样是中秋前夕，这个凭《弯弯的月亮》走红音乐界的作曲家，终于在离乡 41 年后再次踏上南朗这方故土，并第一次到岐山村寻找祖辈生活过的痕迹，与南朗乡亲团圆。

在岐山村，李海鹰和村里的几个老人相谈甚欢，聊起了他父辈那个年代的故事。由于父亲原名李威汉，所以李海鹰还特意向村里的人打听"威"字辈人的消息。

有记录可见，《弯弯的月亮》创作于 1989 年的夏天。当时，音乐电视片《大地情语》制作组请李海鹰配插曲，他边看电视边写曲子，差不多半小时就写好了，取名"弯弯的月亮"。该曲创作的初衷就是描绘一个美丽的珠江三角洲。李海鹰表示，是心中沉淀的情感记忆让他首先写出了旋律，想象着月光洒下来的朦胧画面，他填写了歌词。在作词的同时，李海鹰还对已经做好的旋律做了不少修改。从小在水边长大的李海鹰记得，儿时摆渡要坐上一条弯弯的小船，划船的是一位背着小孩的蜑家妇女。歌曲里的"阿娇"和船就是蜑家人的形象。

李海鹰在音乐界曾担任多个重要职务，如中国音乐著作权协会副主席、中国音乐家协会理事、中国电影音乐学会副会长、粤港澳大湾区音乐艺术联盟主席、星海音乐学院流行音乐学院首任院长，曾获"世界知识产权组织创意奖章""文华音乐奖""五个一工程奖"等海内外音乐创作奖百余项。

据曾任 1984 年至 2007 年华照小学校长的李自峰介绍，华照岐山村还有另一位音乐家、作曲家李国江，曾多次获得国家级奖项。《北方音乐》2008 年 11 期有对李国江的介绍：

> 李国江，男，汉族，1936 年 12 月出生，广东省中山市人，中共党员，大学本科毕业，教授职称。毕业于解放军空军第一航空学校（现解放军空军第一飞行学院）、广东轻工业学院（大专）、中国函授音乐学院理论作曲系等院校。……系中国音乐著作权协会会员、中国大众音乐协会会员、广东省音乐家协会会员。曾任西北空军第二航空预科总队区队长、西北空军司令部见习领航参谋等职务。

一方水土养育一方人，从华照村走出来的人才让世人瞩目。

我继续行走于蜿蜒曲折的岐山村小巷，不时见到精致的老祠堂，三三两两的游人和村民。这里不受尘嚣拂扰，静谧而温润，交织成一道风景。这一方水土，保存着怡然与从容，弥漫出一份古朴的诗意。

我为什么这么浓墨重彩写这里的名人？主要是惊叹于这里的人才众

多，另一个就是说明这里的水土泽润。

在不断寻访史迹的路上，我们了解到先辈们曾经真实存在于这片土地上，那些悲欢交织出的绚烂历史激励着无数的后人。大江东去，浪淘尽，千古风流人物。他们点亮了这片土地的历史天空，增添了这里的历史色调，值得我们致敬。

说到这里，还得补充说明一下华照村的华侨情况。

华照是侨乡，清代末年已有人出国谋生，民国期间最多，直至中华人民共和国成立前，华侨遍布欧美、大洋洲的 14 个国家。据不完全统计，林溪、岐山、麻西、麻东四个自然村，有旅外乡亲 1787 人，侨属 323 户。早在 20 世纪 60 年代中期，就有侨胞回来寻根问祖。1984 年，麻东首先成立村侨联会，在镇侨联会指导下，开展联络海外乡亲，团结组织侨属的各项活动。1987 年，麻西随之成立了村侨联会。两村侨联会全力协助有关部门，在侨房调查、落实退回等方面做了大量工作，收到预期效果。侨联组织不断发展，威信日益提高，发挥了桥梁作用。侨联组织接纳海外侨胞捐赠建设家乡事业，履行了自身职责，又全力支持了村政，在参与群众福利活动中，发挥了作用，涌现出一批热心为侨服务的积极分子。

华照村的华侨在海外从事各行各业，不断拓展事业。2005 年 12 月 10 日的《中山日报》B3 版有一篇文章，讲到当时电视专题片《海外中山人》在夏威夷拍摄，当地的三间饮食店竟然都是中山人开的：

门口的柱上刻有龙的图案，装修古色古香的大鸿运酒楼首先映入我们的眼帘，引起我们的兴趣。我们一进入餐厅，老板林浩钿热情地迎上来，问我们是否中山人。原来，我们的中山口音"暴露"了身份。他自我介绍说，他是中山人，祖籍南朗林溪村，1972 年已经在珍珠港开了一间中国餐馆，他说，大鸿运酒楼是夏威夷华埠规模最大的中国餐馆，两层楼可开宴 60 多席，容纳 600 多人，很多大型的宴会都是在这里举行的。他还专门叫上父亲林银光一起与家乡人见面。在大鸿运酒楼对面的大东方烧腊店招牌醒目，很快便进入了摄制组的镜头。

中山人在夏威夷华埠经营餐馆之多，规模之大，影响之广，是旅居夏威夷的中山人在当地艰苦打拼、铸就辉煌的一个缩影。由此我想，以前"中山人占夏威夷华人 80%"的说法并不是没有依据。从这一篇报道中足以见到华照的华侨在世界各地的发展。

华照村人杰地灵，名人辈出，这些名人成为华照村的旅游资源，对后人而言，更是一笔重要的精神财富。

● 漫步华照
● 影像纪实
● 知识之窗
● 政策导航

扫码获取

第三章

厚土生辉
——守望民俗文化

Chapter III
Glittering Cultural Deposits:
Thrive Folk Culture

第一节　承载记忆的舞木龙

中华民族是龙的传人。自古以来，"龙"在中国人心中无可替代，也成为中华民族精神的重要象征。在中山民间，人们对于"龙"的崇拜，与中原的汉族一致，因此，民间历来就有舞木龙的习俗。甘建波所著的《香山钩沉》一书有记载过：

关于中山舞木龙的历史源于何时，至今未有确切的说法。据可查的史料文字记载，明代黄佐（香山籍人）所著的《广东通志》和《香山县志》均称："唐贞观年间，南粤香山人兴舞龙首龙尾，先游市，再入寺，洒净水佛……""四月八日浮屠浴佛，诸神庙雕饰木龙，细民金鼓旗帜醉舞中衢……"由此可见，中山舞龙之习俗由来已久。木龙舞其实质属于民俗文化的一种表现形式，而民俗文化产生的基础是远古先民人生和社会生活的智慧结晶，并随着时代的变迁而不断地传承、同化，衍生为具有地方特色的民俗文化。据历史文献资料和老一代民间艺人的口头材料佐证，中山的木龙舞源出于两种民俗渊源。

2023 年 6 月 22 日，华照村端午木龙巡游活动（黄廉捷摄）

这里所说的两种民俗，一种是"四月八"浮屠浴佛舞木龙，另一种是五月端午舞龙船头。都是木龙，但与华照村里的木龙有所不同。华照村的木龙是一对，而出龙之时多是在端午节或社灵庙诞之时。

在华照村采访，听到不少村民讲到舞木龙的民间习俗。言语间，他们带着几分惋惜，因为舞木龙习俗在华照村曾一度失传。村民希望重振舞木龙民间习俗，也在不断挖掘和收集资料，并期待有一天华照村舞木龙能入选非遗名录。

功夫不负有心人，在众人的努力下，舞木龙开始重现昔日光辉。

2023 年 6 月 22 日，华照村举行端午节木龙巡游活动。早上 9 点，不少村民已经聚集在南朗街道华照村麻西村民小组办公室外广场。广场搭有活动的棚子，有些村民坐在红色的塑料椅子上等待活动开始。在靠近田边的路上，摆开了一排宣传志愿服务的摊位，身穿红、黄、绿色服装的志愿者在宣传爱心传递、普法等活动，一群群小孩不时参加游戏活动。村民一起聚在榕树底下，边乘凉边聊天。华照村举办这么大型的木龙巡游活动，近几十年来也是头一次，村民的期待与喜悦都写在脸颊上。

舞木龙是南朗华照一带村落的传统习俗。先民靠水而生，崇拜水神北帝，又因当地河流不宜举行龙舟活动，从而衍生了舞木龙习俗，以舞木龙代替赛龙舟并成为相关的端午习俗。同时，因龙生贵子等寓意，舞木龙也成为村中婚庆、添丁等相关活动中重要的一环，是极具本土特色的民俗活动。可以说，以前每逢端午节，木龙就会在华照一带穿街过巷。

中华人民共和国成立前，珠江三角洲一带，每逢端午节，许多地方都举行赛龙舟活动。岐山村尽管村前有河涌，但从未有过赛龙舟，有趣的却是每年端午节有人在村内舞木龙。

岐山村舞木龙这一民间习俗起于何代何年已无从考究，中华人民共和国成立之后便慢慢消失了。

而今的华照村委，一直想把这一民间习俗恢复起来，以凝聚村民、厚实乡风，于是就有了 2023 年 6 月 22 日端午木龙巡游活动。

我在刊物《南朗乡音》上见到孙帝乔先生写的《失传的民间艺术——舞木龙》一文："民国初期，地处中山东南部丰阜湖的李屋边、麻东、麻西三个自然村曾一度盛舞木龙。可在过去的大半个世纪，却鲜有村民见过舞木龙的盛况，当年那些生龙活虎的舞木龙队员，也先后作古了。要想知道当年舞木龙的情形，就只能问村中年过古稀的老人了。"

原先岐山村西堡有间北帝庙，庙内供奉着真武玄天上帝。据说真武玄天上帝是龟蛇伴身的北方之神。真武玄天上帝神龛旁边摆着两条木制的龙，长五尺，全身金黄，间有红色。每年端午节，村民就把木龙舞出

2023 年 6 月 22 日，端午木龙巡游中的小朋友（黄廉捷摄）

庙外。

舞木龙队伍一般由四至六人组成，其中两人舞龙，一人打鼓，一人打锣，其余的人作为替换。

麻西村除了端午节舞木龙之外，有人家生了男孩，每年正月十五到宗祠挂纸灯之日，木龙队伍便上新生男孩家舞龙。当木龙到达新生男孩家门口时，主人立即燃放爆竹表示欢迎。舞龙队敲锣打鼓，两龙在屋前舞动，先是舞动三圈，犹如三叩首。接着两龙迎面互相碰头三次，再把木龙震动着高举过头连续三次，最后再三叩首，表示结束。这时主人家再次燃放爆竹，感谢舞龙队的祝贺。随即，主人家派亲人将早放在屋顶上的李子、荔枝、桃子、玉米和粽子等向下撒去，以慰劳舞龙人员。上述慰劳食品以李子为主，事前用圆斗盛着。富有的人家盛几大圆斗，而且品种多样，穷人家仅用小圆斗盛着，主要用作应付前来祝贺的房亲乡里。舞龙队伍敲锣打鼓穿街过巷时，孩子们也闻声出动，有的还挟着布袋尾随而来，待主人家从屋顶抛下食品时，孩子们就蜂拥而上抢拾食物，谁也不会责怪他们。孩子们跟看舞龙队伍去了一家又一家，往往满袋而归。舞龙过程中，自始至终配以锣鼓，声音一高一低，很有节奏，使舞龙显得生动活泼，有声有色。

根据孙帝乔的记载，木龙是由一条完整的长条硬木刻凿而成，长约五尺，仿真龙模样。由具有专门技术的木工，通过凿、雕、刨的方式刻凿成型。用金漆上色龙身，红漆点缀眼耳口鼻，龙头龙身衔接处设置活塞，使龙头可向上下左右舞动，龙身也能活动自如。如今，麻西祠堂还保存着两条完好的木龙。

2023 年 3 月 5 日，我在华照麻西村小组见到了这两条有近百年历史的木龙。木龙保存完好。麻西村民小组长（村长）欧阳志勤从村小组

2023 年 6 月 22 日，年轻人舞起木龙向村民祝福（黄廉捷摄）

的柜子里小心翼翼地拿出收藏的木龙，说自己也没有舞过这条木龙。

孙帝乔的记载中还写到，舞木龙的时间定在农历五月初四，参加的大多是村里的青壮年，耍龙人和锣鼓手都统一穿上绣有文字的白色短袖衫和白色球鞋。自祠堂出发，走上大街，两位耍龙人一前一后，步伐一致，锣手鼓手紧随其后。遇上在庭院门口烧爆竹的人家即舞动入内，在庭院内舞动一圈，紧接着两龙再舞三圈，然后转身轮番自由舞动。耍龙手动作敏捷娴熟，让主人及围观的村民拍手称赞。最后二龙并排朝屋内三叩首，主人再次烧爆竹以示欢送。此时，早在屋顶阳台准备着的主人家会向下抛撒生果和点心，围观的村民都可捡拾来吃。村民认为，吃过耍龙时主人家撒落的生果点心，可保身体健康，家宅和气。

2023年6月22日一早，夏季的天气偏闷热，华照村的端午木龙巡游活动准备就绪，村民都聚集在麻西村民小组办公地。

不一会儿，远处响起了锣鼓声。按事先的安排，木龙巡游先从麻西大宗祠出发，之后到余山里牌坊、文德街、文德门牌坊、李华照纪念碑、筷子基、文德门牌坊，最后回到文德门牌坊，在麻西村民小组办公室外的广场举行木龙祈福活动。

众人齐聚麻西欧阳氏宗祠。随着一阵响亮的鞭炮声，密集的锣鼓声响起，请龙仪式开始。

"锵咚锵、咚锵咚锵……"伴着鼓声，巡游队从麻西大宗祠出发。身穿白色衣

2023年6月22日，这条木龙生动精巧（黄廉捷摄）

服的两队举着"华照木龙队""风调雨顺""龙凤呈祥"等旗子在前面引路，身着红色衣服的两个男子舞动手上木龙，后面一众小朋友也拿着小木龙跟着巡游。在敲锣打鼓声中，两头狮子跟在后面舞动，一路上鼓乐齐鸣，场面热闹喜庆。巡游队伍按照既定路线回到文德门牌坊后，主会场庆典仪式正式开始。华照村党委书记、村委会主任欧阳建章向来宾致辞。他表示，端午木龙巡游活动是华照村党委精心打造的系列特色品牌活动之一，也是活化华照木龙文化，创新、传承传统习俗的重要举措。希望各位领导来宾、父老乡亲能在端午佳节一睹传统木龙的风采，看得开心、玩得尽兴，端午安康、阖家幸福。

欧阳建章说，从文德门牌坊到李华照纪念碑的栈道刚修整好才一个月，行走在这条栈道，左边是翠绿的山色，右边是抽穗的稻田，满眼的乡村美景，巡游队伍为乡村增添了更多的幸福之色。

幼小的香蕉苗在自然生长，大树菠萝的果实在树上挂着。参与巡游的队伍当中，有不少是家长。一位住在麻东村的家长对我说，自己的小孩刚上小班，就参加了木龙队学习。小孩对木龙很感兴趣，回家还要舞给她看，她感到很开心，小孩的身体也比以前更壮了。这位家长一直跟在巡游队伍后面，不时给小孩拍下舞木龙的照片，可以见到这位母亲对小孩参与这个活动的支持。据欧阳书记说，参加这次巡游队伍的有400多人，十分壮观。

巡游队伍回到广场，广场熙熙攘攘。两个男子舞动手上的木龙，不时有村民过来摸龙头，还要求一起合照。锣鼓喧天，传得很远。

随后，新生儿木龙祈福活动开始。南朗街道和华照村领导上台为新生儿家庭代表送上"通米"和衣裳，寓意宝宝们越吃越有，丰衣足食，富贵长久。俗语讲：摸摸龙头，万事不愁；摸摸龙身，能屈能伸；摸摸龙背，一生不累；摸摸龙尾，有头有尾。幼儿在家长的陪同下抚摸龙头，接受真挚的祝福。大人也手摸木龙，祈愿风调雨顺，国泰民安。顺

2023年6月22日，端午木龙巡游的热闹景象（黄廉捷摄）

祥幼儿园的木龙队小朋友们向领导、来宾们表演木龙舞《龙的传人》，祝福大家都能像龙一样飞黄腾达、朝气蓬勃、奋发向上、一往无前、无所畏惧。端午节除了吃粽子、挂艾草、喝黄酒等民俗活动外，在华照村还有端午节吃"通米"和李子的习俗，寓意多子多福。领导和嘉宾向木龙队成员发放福袋，乡贤李兆永先生的女儿为木龙队的小队员们发放礼品，感谢木龙队的辛苦付出，并送上真挚的祝福。活动的最后，领导嘉宾一起上台合影留念，并为在场的乡亲、朋友们派李子。"李子李子"，村话谐音"女子女子"，意为有女有子。现场派发李子是倡导宣传新时代婚育文化，引导社会各界正确认识人口的结构性变化，推动适龄婚育、优生优育政策，努力营造性别平等和谐的社会氛围。精彩绝伦的木龙巡游表演、温情洋溢的新生儿祈福活动、稚嫩童趣的幼儿木龙舞蹈、喜庆吉祥的福袋礼品等，共同构成了华照村端午节十足的"烟火气息"。据华照村委负责人介绍，华照村会继续多措并举，将社会主义核心价值观宣传教育与传承优秀传统文化一体推进，将家庭家教家风建设与培育移风易俗新风尚有机结合，将乡村老年人文娱生活与青少年文体活动同步谋划，为本村乡村振兴注入新的文化动能。

第二节　重燃舞木龙之火

失传的民间艺术舞木龙又在华照村舞了起来。

当天的巡游活动，华照村特别邀请书画名家、南朗华照乡贤李兆永先生的女儿李励新、李励军、李励红，女婿曾卫峰等参加。他们专程从外市回到家乡南朗华照村参加活动。

李励新、李励军、李励红听说有人想采访她们，与她们聊聊父亲与家乡木龙的点滴，都表示很乐意。

从李励新口中了解到，李兆永先生是南朗华照乡贤，曾任深圳建设银行行长，早年在香港投身革命并通过书画文学等组织进步青年活动，师从廖冰兄、关山月习画，与方唐等名人都是好朋友。离休后重拾画笔，对书画艺术倾注了极大的热情，曾任世界艺术家联合会理事，中国艺术研究院文研中心创作委员，中国老年书画研究会创作研究员，广东省老年书画家协会理事，深圳谷风画院、香港红荔书画会顾问，日中友好文化艺术院美术院荣誉教授等职，其作品在海内外大展中多次获奖，并在国内外报刊上发表。

心系家乡的李兆永先生也用自己的画作反映中山的历史人文，他创作了富含中山元素的《峥嵘岁月五桂山》《五桂山之歌》等国画作品。

多年来，李兆永先生对家乡南朗华照岐山村小组有着深厚的感情并且对本土的传统文化非常热爱。李兆永先生虽以画牡丹著称，但他创作的书画作品中包含了大量的南朗文化元素，有着极高的收藏和研学价值。2022年，南朗街道宣传文化服务中心精心组织盘活村落传统习俗——舞木龙，得到了李兆永先生的大力支持。当时年过九旬的他，不仅收集整理提供了与华照木龙相关的村史资料和文字素材，还凭记忆创作了两幅舞木龙的场景画。根据场景画中的舞木龙排阵及舞步，宣传文化服务中心更好地还原了传统舞木龙习俗。目前，优化后的华照木龙舞通过进村居、进校园、研学营等一系列活动，让制作木龙、舞木龙这一珍贵的民俗文化遗产得以良好传承。

我第一次与欧阳建章聊天时，他就说出想把这项民俗活动恢复起来，村委也做了不少工作，找了当年了解木龙情况的人通过回忆收集资料，而其中就有乡贤李兆永先生。

李兆永先生在《中山文史》第25辑《深圳风采》（1991年第8期）里发表了一篇有关华照村舞木龙的文章《端午舞木龙的联想》，其中详述了舞木龙的过程：

　　我的家在中山市南朗镇岐山村。我们这一带村庄是讲福州语系的，据考证，它与福建省福清县的方言相接近。以前每逢端午节，许多地方举办赛龙舟，可我们村不一样，尽管村外有一条小河通往南朗镇附近，但我们村却举行舞木龙的仪式。这种活动相当有趣，到底是怎么回事呢？

　　原来，我们村的西堡有一间北帝庙，供奉着真武玄天上帝。据说，他是龟蛇伴身的北方之神。而真武神旁边摆着两条木制的龙，约有5尺长，全身漆着金色，间有红色。每年的端午节，村民们就把木龙舞出庙外助兴。

　　舞木龙的队伍一般由四至六人组成，其中两人舞龙，一人打鼓，一人打锣，其余的人准备替换。舞龙前往的地点，是上年生了男孩的家庭。我村过去的风俗，生了男孩的家庭一是要在正月十五到宗祠里悬挂纸灯，叫"挂灯"，并凑钱给宗祠煮灯菜。这灯菜以萝卜为主，配有一些猪肉、炸猪皮煮熟，加以白饭，分给同宗的人吃，共同庆贺。二是端午舞木龙到新生男孩人家，以示庆祝。

国内有不少学者认为，古代吴越地区尊崇拜龙，以龙为图腾，舞龙仅是祭祀的一种仪式。但从我们村的舞木龙情况来看，绝非如此，我觉得比赛龙舟更有意义。龙的碰头、交尾，表示相亲相爱，喜悦欢腾的情景。到生了男孩的人家去祝贺，则表示是生了龙子，是龙的传人。至于它与传说的真武神又有什么联系，则须待人们进一步考证。

李兆永先生在文中还画出了舞木龙景象，为后来华照村恢复舞木龙习俗提供了参考。

李兆永对家乡感情很深，一有空就会召集深圳的书法家回到华照村写对联，村里的人都记得他。1996年，方唐李兆永书画展在中山举办。他喜画牡丹，出版过《李兆永牡丹国画集》。他在画集里写了《我为什么画牡丹》一文，其中说道：

本来我很喜欢画山水，对画牡丹没有什么兴趣，很多画家都说画牡丹是媚俗。看到一些牡丹画，红的和普蓝色的花画在一起，觉得真有点俗气。但后来接触到有两个省的花鸟画会副会长，他们教我画牡丹，一个画得很清雅，一个画得很神气，使我觉得牡丹并不俗，也试着画画。我最初画的牡丹，都喜欢题上"牡丹本不俗，淡妆浓抹在画人"……1993年4月底有机会到河南洛阳，看到盛开的牡丹花，与广东见到的靠催生开花的大不相同，真是千姿百态、生机勃勃、绿叶婆娑，对"唯有牡丹真国色""牡丹虽好也要绿叶扶持"有了真实的体会……牡丹既然受到人民群众的喜爱，我们为什么不画呢？

2019年1月14日，李兆永先生与五位来自深圳的书法家一起回到华照村，为村民们写春联送祝福。

现时，华照村木龙之火已经重燃，只可惜，我们尊敬的李兆永先生在2023年初离我们而去，"声声唤，叫不醒早起的您；泪千行，流不尽绵绵思念……"李励新在微信里写下对父亲的思念。

李兆永先生有个心愿就是把村里的祖屋重新修缮。李兆永先生祖屋在华照村后门巷，可惜新居修好后他还没见到就去世了。2023年6月22日，我随着李励新来到刚修缮好的新居，三层的新房子映入眼中，进门望见"李府，李兆永于2022年12月重建"。李励新说，这是给父亲的一个纪念。我进到新屋里，一眼见到李兆永先生牡丹画作《万紫千红总是春》挂于大厅墙上，生动的牡丹引人注目。李励新说也想把父亲的书画作品捐给家乡。

2023年7月16日，是李府新居入伙吉日。一早，村里的木龙队上门贺喜，敲响锣鼓，爆竹助兴。木龙从一楼游上三楼，村民也过来围观贺喜，花生从三楼撒下，李兆永先生的心愿实现了。

将木龙舞起来，让更多村里的青年人了解这一传统习俗，历届村委会都做得有声有色。

2022年10月2日至4日，南朗街道宣传文化服务中心联合华照村党群服务中心在麻西村开展了为期三天的"华照木龙研学营"活动，吸引了华照村15组亲子家庭参加。10月4日晚，在南朗街道茶东夜市，来自华照村的青少年木龙队成了主角。一群穿着校服的小学生，挥舞着写有祝福语和"华照木龙队"的彩旗，在锣鼓声的伴随下，穿梭于各摊位间，为夜市的游客展演舞木龙。这是南朗街道宣传文化服务中心启动南朗街道非遗活化项目，致力于挖掘、传承和推广南朗街道本土非遗文化的一场活动。南朗街道除了有崖口飘色等系列非遗传承活动外，华照舞木龙传统习俗的活化也是重点之一。

华照木龙的传承，近几十年日渐式微，华照下属的几个村仅剩麻西村保存有两条木龙，相关习俗活动已停止了多年。通过组织华照木龙队，可以让大家对木龙有更多的认知。

早年的舞木龙活动还是非常热闹的。据孙帝乔记载："除了每年农历五月初四，正月里有开灯仪式的人也会邀请木龙队前往庆祝（村里有男孩出生的人家，正月会在家里和同宗族的祠堂里挂纸灯，俗称开灯）。木龙队敲锣打鼓入门耍龙，主人家烧起爆竹应和。仪式完成后，主人家还会邀请耍龙队共进晚餐（俗称饮灯酒）。因习成俗，当时村里有兴趣的青年会在农闲时节到祠堂里，向精于耍木龙的老师傅学艺。舞木龙在当年可以说是一种文娱活动，于今天看来也是一项极有地域风情的民间艺术。可惜的是，星移斗转，岁月如飞，在20世纪40年代后，这项民间艺术却遗憾地消失了。"

"华照木龙研学营"活动使村里的青少年对木龙有更多的了解，每个队员亲自制作一条属于自己的简易木龙，学会了起龙形草稿，开板，修边，上底色，画龙鳞。之后还要跟随麻西村舞木龙老艺人欧阳江耀爷爷学习木龙舞。

欧阳建章说，华照青少年木龙队仅仅是该项目的开端，接下来，项目将向学校推广，开展非遗进校园系列活动，为项目培养更多的苗子，为华照木龙的传承提供人才保障。华照村随后分别在横门小学、榄边小学和顺祥幼儿园等多所小学、幼儿园，开展一系列华照木龙的制作体验活动和基本动作培训活动。

2023 年 6 月 17 日晚上，由八名华照村民、十名横门小学学生以及十名顺祥幼儿园学生组成的木龙队，集结在华照村麻西小组祠堂。在尚古传统文化推广中心张老师的细心指导下，队员们认真专注、紧张有序地开展端午巡游活动的联合排练。他们正在为 6 月 22 日的巡游活动做准备。

李兆永根据回忆绘画的舞木龙排阵及舞步（资料图片）

李兆永女儿李励新对我讲，能参加这个活动，感到很开心。他们四人是专程从深圳赶来的。她从手机上找出一个视频给我看，说当年父亲知道麻西村从祠堂找出两条木龙后好开心，专程回到中山来看木龙。她说："当时是 2020 年 10 月，我也一起跟着回了中山。父亲说，找出两条木龙很难得，可以推动做好非遗活动。他一直在推动这件事，不断找一些当地村民来沟通交流，他把自己从小知道的木龙故事通过画图还原。当他知道村里开始排练木龙，好几次都想回到中山来观看，可受到疫情的影响没有机会回到中山，很是遗憾。不过，今天我能见到这个场景，活动做得这么成功，我们也感到很开心，算是圆了我父亲的心愿。"

李励新称，岐山村的木龙，他父亲小时候见过，只是没有舞过。他出过一本小书，写过一些文章，也有写木龙的事。

2021 年，李兆永得知麻西村从祠堂里找出两条木龙时很开心，他与女婿曾卫峰还舞过木龙。曾卫峰给我讲起当年舞木龙时也很开心。李兆永回家乡时与老艺人欧阳江耀也有交流舞木龙的技艺。

2023 年 3 月的一天，在麻西村小组驻地，50 岁的村长欧阳志勤拿出木龙。木龙长约一米五。他手举着木龙，说起收藏这两条木龙的过程：最初由村侨联保管这两条木龙，后来华侨较少回到村里，为了更好地保管好木龙，村小组就负责起保管的重任。

问起欧阳志勤是何时第一次见到这两条木龙的，他说自己小时候没有见过，只是听父亲讲过木龙。舞过木龙的欧阳江耀老师刚好是欧阳志勤的父亲。当我说想找一位了解木龙情况的人采访时，欧阳志勤打通了他父亲的电话。

77 岁的欧阳江耀与旧同事在一个酒楼里聚会，听到我想了解木龙的事，他显得很开心。他说，听村里 90 多岁的老人讲，大约是 20 世纪 30 年代那两条木龙就存在了。如果按这个时间来推算，也有近百年历史了。

欧阳江耀说，当年村里有巡游队，锣鼓、狮子、大头旗样样齐全。每当村里社灵庙诞之时，两条木龙就在村里一起出巡。每到农历四月初八，村里的人就会把两条木龙请出来翻新，上一下油漆，以保护这两条木龙不会因陈旧而出现损坏。当年村里有人家娶了新娘，或村里有人家生了第一个男丁，就会请木龙出巡以示祝贺。

2023 年 3 月，村人向作者展示麻西村保存近百年的木龙（黄廉捷摄）

欧阳江耀说，这个村里只有他舞过木龙。他年轻时有一年刚好村里有一家人添了男丁，村里有醒狮队，他当时跟着醒狮队去舞木龙。

舞木龙是用舞狮样式的舞步。问起舞木龙和舞醉龙有什么区别，欧阳江耀说，舞醉龙要有酒来做伴，但舞木龙就没有酒了，只是舞龙头摆龙尾，舞木龙很注重把龙头舞得生动活泼。

天空作美，中午时分，阳光带着几分温柔，这个季节的天气凉爽怡人。在麻西村，我见到了退休在家的欧阳江耀老

麻西村保存的两条有近百年历史的木龙（黄廉捷摄）

师。他多年从事教育工作，现在是桃李满天下。他的家就在山边，平时爱在家里的小园子里种些菜。

欧阳江耀现在成了木龙这一习俗的传承人。他对我讲起华照村木龙的情况。

"我们村叫龙舟，也叫木龙，每年的农历四月初八就拿木龙出来翻新，把旧木龙油一油，以便保存。到了农历五月初五端午节，当年村里如果有人家生了男孙，或娶了新媳妇，都会去贺喜。对娶了新媳妇的人家，就会讲贤良淑德、早生贵子等话语。如果是生的男孙，就会讲祝贺生了男孙头、快高长大、聪明伶俐、幸福安康等吉祥的话。"问他讲这些话时是否有一个调子，他称讲话的时候音调有点像"南音"。

欧阳江耀还不断给我讲舞木龙动作。他说当年在舞木龙的时候，村里的小孩子都聚拢过来。接受贺喜的人家，在舞木龙后会把三华李抛出来，小孩子都围着一起捡回家里吃，非常热闹。

他还说舞木龙有些特别的技巧。因为用两只手，一个在前面一个在后面，要不断地舞动，让木龙摇头摆尾。两条龙还要交头接耳，不断变化，互相交流，这样舞起来才好看。舞者的步子要有高有低、有上有下，让这两条木龙生动活泼。

● 漫步华照
● 影像纪实
● 知识之窗
● 政策导航

扫码获取

第四章

踏浪有梦
——那些难忘的画面

Chapter IV
Riding to Aspirations:
Unforgettable Memories

第一节　老祠堂大变身

华照村原有大小祠堂 27 个，但大多已拆或空置。这些祠堂多是在明清时期建造而成，因为拆得过多，现在行走在村里，只能偶然见到保存较好或重修的祠堂。祠堂是族人之间传承与联系的纽带，也是增进族人之间感情交流的桥梁。族人添丁、结婚等都要到祠堂向祖先告慰，如果考取了功名也要告知祖先。祠堂是族人公共活动的场所，村里有重要节事，需要大家一起商议的时候，村里人就会聚集在这里议事。

在《中山客·访宗祠寻根追远》一书中有这样的记载：有着七百多年历史的岐山村，在南朗街道（原南朗镇）来说可以称得上是历史悠久。沿着平坦光洁的水泥路走进村内，可以见到南北贯通的窄巷两旁仍保留着一座座青砖瓦房，几乎每座房子面前都有一个栽种龙眼、芒果、三稔、荔枝等果树的庭院。这个常住人口不到一千人的小村子，原来有着七座庄重古朴的祠堂，分别是朝阳公祠、胜存公祠、政德公祠、朝岩公祠、鸣岐公祠、李氏大宗祠和景宗公祠。然而，在 1958 年—1959 年期间，为了新建南朗公社会堂，景宗公祠被拆除，从此消失在岁月的长河中。如今，只剩下六座祠堂矗立在此。这些历经风雨的祠堂不仅见证了村庄的历史变迁，也是村民们精神信仰的象征。这六座祠堂建筑面积在 300 至 350 平方米，先后建于清代康熙、乾隆年间。其中，坐落于村中心的李氏公祠，面积最大，由 20 世纪 90 年代几位旅美乡亲捐资修葺，还安装了灯管和大号风扇。岐山村每年一度的敬老祝寿活动，村中有人家男婚女嫁宴会都设在里面。每逢宴会之日，人声鼎沸，热闹喜庆。

如今，为活化和保护村里的祠堂，村里也会把一些祠堂外租，以此增加本村收益又能更好地保护这些年久失修的祠堂。

2023 年春季某日，我随昌勤来到岐山村牌坊。左边老祠堂已翻修一新，门口上方写着"正膳家宴"四字，"秉承天地之正气""顺应自然于规律"的对联贴在屋门两侧。两边红灯笼高挂。

昌勤带我进到祠堂内，他说，这是一间老祠堂，之前一直空置。

古祠堂换了新装（明剑摄）

"正膳家宴"负责人李超仪(梁释文摄)

　　我在祠堂里见到了挺拔英俊、文质彬彬的李超仪,他给我说起了自己回到村里创业的初心:"我在外当厨师多年,也想自己创业,做自己喜欢的事。刚好村里这个祠堂在招租,加上村里又多年没变过,想改变一下。我在外面参观过类似风格的餐厅,加上新区的发展,也想趁这个机会发展。"

　　在外打拼多年,积累了经验,他也想回到村里发展事业。大湾区的发展前景触动了他,而自己的村子又处在大湾区的几何中心,让他对这处土地有了更多的向往。

　　"国家在大力发展乡村振兴、文旅产业,我也就顺势而为。"他说。投资做这间餐厅时,疫情封控还没有放开,但他看好未来,就投了50多万元对祠堂进行维护,做成一家有文化味道的餐厅。

　　"我们是2022年6月开始装修的,用了三个月来装修。"李超仪带我四周参观,讲起当时装修祠堂的情形。当时的祠堂很旧,没有人用,祠堂的墙、瓦、窗等都有问题,有的地方还漏水,这些都得重新装修。他参考周边城市重修祠堂的方法,尽量保持旧貌,有些地方破损较

正膳家宴内的摆设（黄廉捷摄）

大也只做修补。他还结合了传统元素，对墙上的画作进行新的创作。

他租用祠堂的租金为一个月4790元，餐厅有十名员工，投资较大，刚开业时客人不多，要用一段时间来守。他说，自己大部分的时间都放在这里，这里是自己长大的地方，很有感情，在这里做事也很开心，投资大点也没关系。

"刚开业时只请了七个员工，都是请村里的人，我想给村里人提供就业机会。为了方便村里人，我们把洗手间放在餐厅外。"他讲着自己创业的过程，就像讲平常小事一样，显得波澜不惊。

餐厅以经营粤菜为主。超仪在广州做过酒楼，对餐厅经营还是比

李超仪经营的正膳家宴（黄廉捷摄）

较熟悉的。餐厅里有当季的特色菜，像"特色炒走地鸡""盐焗大桂虾""嘎嘎香"等。他还研究一些新菜式，希望用更丰富的菜式吸引客人。

昌勤说，难得有像超仪这么好的本地年轻人回家乡创业，村里希望有更多这样的年轻人回乡创业。

超仪给我讲了创业的压力。他算了餐厅一个月的开销，普通工平均工资 5500 元，加上餐厅水费 3000 元，煤气费用 10000 元。一个月要八九万元的开支。

餐厅开起来后，到了周末就很旺，平时到儿童公园和湿地公园玩的人都爱到这里用餐。也有石岐、小榄的人慕名而来，餐厅的生意也越来越旺。

望着老祠堂餐厅内的四方石柱子上，红底黄字写着"鼎五湖四海珍馐作佳肴""聚四面八方百姓为贵客"，我感受到生意红火、事业兴旺之景象。

第二节　荷塘飘香客自来

走到岐山村李华照故居旁边，可以见到村里的篮球场，周围有不少参天大榕树，绿荫处处。旁边是一座写有"迎薰"的牌坊，古色古香。

对于"迎薰"的说法，相传源于虞舜所作的《南风歌》。《南风歌》歌颂了南风的恩泽，表达了为民着想、为民解忧的人本思想，有积极的意义。另一种说法是南门为"迎薰"门，"薰"字的四点是火，正好对应五行方位的南方属火。

从牌坊下走过，抬头向上望去就见牌坊背后写着"李屋边"三字，这也是村民多把岐山村叫成"李屋边"的原因。

岐山村靠篮球场附近的"迎薰"牌坊（明剑摄）

　　向左再前行几十米，就见到一间别致的餐厅。这是喜家粤菜海鲜餐厅与喜家别苑民宿融为一体的地方，在这里，可以品尝到中山地道的美食。

　　餐厅的宣传栏写着：这里山清水秀，背山面海，稻田众多；周边没有高污染企业，环境十分宜人；临近横门渔村、冲口门渔村，珠江口咸淡水水产海鲜十分丰富。华照村到中山城区20公里左右，驾车只需20分钟。未来，深中通道在中山的第一个高速出口正设于华照村管理区内，从这里到深圳蛇口也只需20分钟车程，交通十分便利。餐厅主打地道粤菜，明炉烧味、本地海鲜、招牌"叶问烧鹅""太极捞鸡"。还可以租一条船出海捕鱼。船主现捕现做，游客可以吃到最新鲜的海鲜风味。周边景点有左步书屋、孙中山故居、中山影视城，驾车30分钟内都可以到达。

　　2023年夏天接近尾声，我来到了位于南朗岐山村的喜家别苑民

喜家别苑民宿外景（明剑摄）

喜家别苑民宿的入口（明剑摄）

喜家别苑民宿负责人陈俊杰
（梁释文摄）

宿，采访了这里的负责人陈俊杰。他带我参观，民宿的不少地方都是他亲自参与设计施工，讲起每个细节都能娓娓道来。

"这里是岐山村尾，原来池塘那个地方是村里堆垃圾用的，旁边是空地，当时堆放了不少的建筑垃圾。我们租下岐山小学的旧址做蔬菜配送，做冷库。2015 年，见这块地空着有些浪费，也想搞好村里的环境，就将它平整好拿来改造。"

如今，在喜家别苑民宿中间，荷池飘香，荷叶睡于水面，冒尖的荷苞与盛开的荷花红艳迷人，令人不禁想走到塘边去观赏拍照。塘的一边还有几棵大树，为这塘荷花增添了生态美的层次。站在喜家别苑民宿门前，一眼能看见池塘的荷花，抬头仰望还能把食府屋顶后的烟墩山收入眸里。荷塘、大树、屋子、稻田、天空，汇成一幅美丽的图画。

来自龙穴村的陈俊杰是喜家别苑民宿负责人，虽然是一位"90后"，但很多人都误以为他是个"80 后"。他已经是两个孩子的爸爸。"25 岁时我与别人讲我 35 岁，还有人信。"他笑着说。

陈俊杰在中山技师学院毕业后，2008 年到天津读了两年大专，学电子信息专业，后回到中山南朗工作。2011 年 5 月开始在一家电脑公司做维修采购。他记得自己领到的第一个月工资只有500元，经过不断努力，后来自己注册一家公司，一做就是四年。

他说，回来做餐厅是一个机缘。"当时几位朋友想找一个地方做聚餐用，招呼朋友与客户。之前主要考虑自用，后来越做越大，就用来做些生意。"他说，"最初只想搭个300多平方米的棚子来做一下，没想到后来越做越大，前后投资1000多万元。"陈俊杰说，仅餐厅的投资就花了700万元左右，民宿的改造大约花了300万元，还有第三期没有做完。"在投资民宿时，开始预计用50万元左右。没想到，旧学校太旧了，普通的施工根本没有办法完成。后来就想把这里做得好一些，这样越做越多，花费也越大。"

提起投资这里，他觉得最困难的是疫情期间。2020年疫情来了，这里的生意基本停滞，40多个员工工资每月都照发，一分不少，但餐饮又不能开业，经常一个月没事做。当时一天进了10万元海鲜的货，

喜家别苑民宿中间的荷花池塘（明剑摄）

餐厅不能开业，唯有把海鲜自己做来吃了。"那时候为了维持运作，把积蓄都花得差不多了。"说起这个困难的过程，他只能摇头叹息。

疫情期间，没有多少生意，他就把旧学校改造为民宿。"民宿从2019年4月底开始做，用了两年多。我自己动手画图，找了一些徽派的建筑作参考，做成了新中式，又加入自己的想法。"陈俊杰为了设计民宿的施工图，自己在网站上下载软件自学，设计模型，一样样在摸索。他还做广告设计，写宣传方案，做海报推广。这些事他都亲力亲为，用他的话说，只要有心学，什么都可以学会。

陈俊杰为我展示了旧学校改造前的照片，周边是烂泥路，池塘中并无荷花，旧学校房屋残破，有些房间还能见到当年的黑板。

因为民宿是餐饮的配套内容，所以，在经营上他让餐厅的服务员兼做打理，以此降低成本。

如今，餐厅与民宿成了村里的网红景点。

喜家别苑民宿荷塘飘香（明剑摄）

陈俊杰为我介绍民宿时说："民宿旁边的树我们都叫它们'杂树'，因为不知道这些树叫什么名，你觉得它不是龙眼树，但它又会长出几颗龙眼来的，有时树上还长出豆子。"陈俊杰讲到旁边的大树时，指着进门口不远处的一根枯木说，"这原本是一棵大榕树，可能是虫蛀了，很早前还有农业局的人来抢救过，可最终没能活过来，可惜了。"就在这根枯木边，他们种的竹子长得很茂密了。

每到夏季稻谷黄灿灿时，在喜家别苑民宿一旁的稻田总能听到收割的喜悦声，远处的稻田一片片收割，没来得及收割的稻子与割完的形成高低对比。从岐山村过来的小孩们呼喊着奔向这片稻田，有的下地捉小虫玩，有的下田捡稻穗，还有的忙着拍照留念。

陈俊杰说，这片稻田，2022 年村里重新发包，他们租了 200 亩，原本想租下来让客户用做团建，但租下来还要请人来耕种，一算下来，把农保的费用去除都要亏本。稻田没能让他赚到钱，可是每次见到稻田丰收的景象，他都有一种想下田收割的冲动，他希望自己在这里也能收获一份丰收的心情。

陈俊杰说自己对岐山村里的环境都比较熟："我以前在南朗做采购时常来这个村，祠堂改成图书馆，村里的电线安装，很多项目也是我做的，华照村下面的村小组我都比较熟。"

"我们会给客人介绍当地的风土人情，带客人去南朗游玩，像去左步、崖口、茶东等。客人有什么要求，我们也可以尽量满足。来这里的主要还是中山的客人。"陈俊杰说。

兼具徽派建筑风格，又带着新中式设计的民宿是陈俊杰全部的心血。他参考徽派建筑，又加入自己的想法，亲自动手画图，再参与施工，最后才有了现在的效果。这里的每一间房，都有一种较新的概念。

行走在这里，犹如感受一片雅致的小天地。

第三节　带着记忆的"白水井"

　　麻西村靠山边有一口水井，历史悠久，村民平时都喜欢去那里打水。那一天，麻西村村民小组长欧阳志勤带我去看了这口有着年代感的水井。

　　水井外已经被贴有瓷砖的外墙和铁门围了起来，外墙上写有关于麻西村"白水井"于2019年4月重修的文字。欧阳志勤打开上了锁的铁门，我们走近，能见到水井里清澈的水。他说，为了保护这个水源，我们把它四周用铁栏还有围墙给围起来，但外面留有一个水龙头，可以让邻近的村民取水。

　　欧阳志勤小时候来这里打水，都是沿着石阶梯一级一级地向上走。井里的水很清，本村的人以及邻村的人都喜欢来这里打水。水比较多的时候，可以用电水泵抽出来，但到了水少的时候，只能用瓢一瓢一瓢舀

麻西村靠荔枝山的"白水井"（明剑摄）

上来。水是从上面的荔枝园流下来的。山上荔枝园绿树众多，朝着远方望去，荔枝园上面一条条上山的路都已经建好了，方便村民到山上扫墓和做农活。在水井的上方，沿着路可以走到一片茂密的荔枝园。此时荔枝花期刚过，但花香依旧飘满四周，山坡上一条新路沿着坡边，清晰可见，与荔枝园茂盛的绿树完美结合。

在中国的传统村落里，一个村总有一口井。井是开村必备的条件，村民择地安居乐业，开枝散叶，首先就得找水源好的地方。麻西村"白水井"是村里重要的水源地，与村里的发展同步，也见证了村里的变迁。

欧阳志勤继续给我介绍，从他的眼睛里，我能感受到他与这口水井的感情。

他说，早上邻近的村民提着水桶过来打水，打完水后，脸颊上都挂着笑容。村里的自来水早已开通，但是村民还是保持着喝点泉水的习惯。泉水甜，冲茶好，村民也就更爱喝这口水井的水。

在此之前的采访中，欧阳志勤和林溪村的村民也感叹过在林溪村有一口古井，水质清冽甘甜。林溪的古井位于林溪西北侧，有700余年历史。当我见到林溪村的古井时，也感觉到它的年代久远。它位于山边，井底石块清晰可见，水多之时还会溢流出来。听村民说，水井之水清凉、可口、甘甜，全村村民日常饮用炊事均在此取水。

凡村落必有水井。水井是村民生活的必备，除了给村民提供饮用外，还能给村民提供洗刷便利等，构成地方文化的一种符号。有人曾说，村落、庙宇、水井是地方文化传统的最基本象征物。

第四节　旧称"雷涌村"

对于外来人，听到林溪村的名字，就会联想到密密的树林，还有小

林溪村里保存完好的祠堂（明剑摄）

溪相伴。其实，行走于林溪村，村外稻田连片，风一吹，稻香迷人。

2023年3月的一天，我来到林溪村，刚好村民们在插秧。连片的水田平整完毕，就等着开始插秧。不时有白鹭飞到田里觅食，一辆辆小

林溪村一景（明剑摄）

三轮车不断运秧苗过来，村民将秧苗从车上搬运到田间，男男女女在一排排插秧。

微风拂过，秧苗晃动，村民弯下腰，把秧苗插在带有春天气息的田里。站立田边，可以闻到水田散发着泥土的清香。村民在水田一脚深一脚浅地挪动，水田的秧苗与泥土一样柔软。

在这里，我见到了今年70岁的林建开。他神采奕奕，用通俗的话来讲是很有精神头，声音厚实有力。

林建开为我讲述了林溪村的故事。

林建开小时候听村里老人家讲，当年村里有一块大石头，村里人都叫它"雷打石"。这块"雷打石"有一间屋子那么大，高有一米多，上面有一个脚印，表面光滑。听说曾经有雷从天上打下来，打中了这块石头，所以叫"雷打石"。小时候他还爬到大石头上玩，也用自己的小脚与大石块上的脚印比过大小。林溪村面对海边，他小时候见到村口都是稻田，当时大家都叫雷涌村（也有称雷公冲村）。可惜到了20世纪60年代，"雷打石"被打碎了。之后，以林姓人家为主的林溪村被大家叫"林屋边"。

我在《中山村情》第二卷里见到有这样一个记载：林溪村，位于南朗东北部，东临岐山村，南接冲口村，西连濠涌村，北望麻西村。南宋宝庆年间（1225—1227），林孟七、林道锡兄弟从福建莆田迁此定居。初名雷公冲村，后因村中主要为林姓，且村址地临海边，易名林屋边村。而后，因村外有溪，更名林溪村。1958年简称林溪村。

《中山商报》2009年11月30日的A8—A9版发表一篇《长寿古榕伴老屋 桂木青山藏小庙》，也有"雷涌边"的记录：在村最东头，还有一座古牌坊，牌坊很小，容不得一部小车经过，高不过两米，原来的装饰已经棱角不分明了，倒像是巷子里的一道普通门，很容易被人忽略。其实这牌坊原来是村子的大门，体现着村子的"脸面"，可惜因为年代久远，神韵失色不少。牌坊的横梁是一块大麻石，上方的字不写"林溪村"，而是"雷涌边"，这是林溪的旧称。

有人说，村名与村落之间的关系，主要表现在村落地形，还有村落的河塘和村落周边联动的结果。有些水网发达的地方，或靠海边的村，多选择用涌、湖、海等名称起村名。显然，林溪之前的"雷涌边"（"雷涌村"）

林溪村一景（明剑摄）

就是用了有标志性的物体再结合了当地环境而起的名称。我觉得，村名不一定就非得起得高大上，只要能表达出这个地方的特色就可以。我很赞同《村庄留住乡愁》一书之中写的："容颜总是易改，而一个美好的村名，却会永远流传。说起来，有人的地方，才有村庄；有村庄的地方，就有人的传奇。"

第五节　"十德里"

现今的林溪村保存着很多老屋，那些老屋写满了历史的记忆。

林建开对村里的建筑很了解。他说，开村第一代的先祖来到这里搭茅棚，茅棚是第一代村里人居住的屋子。接下来村里人建起了泥砖屋，这是第二代的居住情况。到了第三代是建青砖屋，第四代是建楼房了。

屋子是最能见证时代变化的产物。

林溪小组巷道有上街一巷（古称：十德里）、上街二巷（古称：德后里）、上街三巷（古称：瑞华里、仁和里）以及上街四巷（古称：圣堂里）。行走村中，不用担心会迷路，东西走向的村路，不时有横穿而过的小巷子。村里的屋子也很有错落感，当你看见一幢新房子，不一会儿又可以见到一座粉墙黛瓦的老建筑。年代久远的老屋子有一层的也有两层的。行走在村里头，有时感觉到房子过于密集。村子里的水泥道踩

林溪村内的旧建筑（明剑摄）

林溪村里斑驳的街巷与屋墙（明剑摄）

起来有节奏感。听林建开说，他小时候，村里的路是用石块铺的，穿行于村里，感受不到什么商业的气息。

林建开对我讲到村里的变化时，还提到村中一条小巷叫"十德里"，但已经被拆。村里还有"翠华里"，这些名称都显出古村的文化底蕴。

对于"十德里"，《中山商报》发表的《长寿古榕伴老屋 桂木青山藏小庙》一文中也有提到，只是叫法不同："在我们探访林溪村前，林溪村一棵350岁的古榕树，已经在省电视台露过脸。既然慕名而来，我们便直接驱车到了村最东头，一下车抬头，便发现自己就在榕树树荫下……这棵榕树谁栽下，已经说不清。90岁的林光少老人说，种树的地方叫十德里，'十德'粤语谐音'实得'，就是'一定行'的意思。古时村里人赶考，都要绕树而行，意思是一定高中。"

据记载，香山初时的民居建筑多是仿照中原居地的建筑模式，由接近于北方的"四合院"模式发展到以"竹筒屋"为主的模式。中山立县后，随着中原文化与岭南文化不断磨合，民居建筑也有了很大的变革。现时林溪的旧屋，与近现代中山的民居变迁有着紧密的联系，这里的华侨旧屋都有着较为西化的特点，可以见到当年此地也是开埠的先行之地。

对香山民居的特点，《香山钩沉》一书专门有介绍：

在近现代的中山，由于归侨回家乡定居较多，也就将他们居住国的建筑风格带回家乡，结合传统的建筑，融合为仿哥特式、仿西班牙式、仿美、仿英钟楼式、仿日式等中西合璧的住宅。这些房屋特色，过去多有称为"鬼屋""别墅""洋楼"等。当然在今天来讲，这些房屋都不是那么新颖了，但是在一个世纪前，这些房屋的建筑模式、建筑结构和建筑艺术，都是处于领先地位的，在今天看来，亦有极高的研究价值、实用价值，也见证了中山近百年来的沧桑史。……除此以外，中山的中西结合民居和古建筑物，在其建筑艺术上，也有着创新的理念。从清末民初开始，中山的民居除了以传统工艺如大量的水磨青砖平房的建筑、宗祠庙宇等建筑艺术为主外，受华侨居住国建筑艺术影响，中山的建筑艺术也起了变革。从现存的古民居和一些较大镇区的商铺来看，中山很多民居采用了古罗马式、仿哥特式、假钟楼式、巴洛克式、内阳台迴廊式等建筑艺术。

讲到这些屋子，有一间大的屋，让林建开记忆犹新。

他说，当年村中有一大户人家，在唐山搞建筑包工，叫林俭卿，后来带钱回村建屋子，从福建买大石回来。这些大石运到涌口门外，想运到村里很困难，只能请村民帮忙运输。但因为村外的田是由海涂围垦而来，田埂不好走，必须等到农历十二月田埂泥变硬，才能将石块运进村

俭卿屋外景（华照村委供图）

里。当时林建开的父亲还帮忙抬过这些石块进村。那家大户人家建屋的青砖也是从东莞运回来的，村里叫俭卿屋。

据俭卿公的子孙所述，其祖父曾于上海江南造船厂（前身为江南制造局）任职，技艺超群，为当时工人中之翘楚。中国首台自制火车头"二龙号"机车，亦有他的功绩。后来，他转行投身唐山建筑业，成为一代建筑巨擘，引领唐山建筑业蓬勃发展，矢志于光耀故土。返乡后，他建造了一座庄重壮观的古宅，然因年久失修，现已破败不堪，只留下历史的印记。

村小组长特地带我们去看了村里最老的老屋，这是一间占地500多平方米、高约10米的旧式建筑，斑驳粉白的墙壁泛出青黑，石条窗棂里爬出蔓藤。正门的门槛门框都是白麻石，一块麻石两米多长，气势非凡。有石凳子稳如磐石，石狮子栩栩如生。外墙的浮雕、彩绘经过百年风雨，还依然清晰可见。屋顶的椽子雕刻着祥云瑞龙，有些模糊了。屋檐下的檩子则雕着梅花、菊花，虽积了灰尘挂了蜘蛛网，但仍见神韵。

华照村属民田地区，村民自古而来居住的屋宇，都是沿袭明清时代岭南地区丘陵平原地带的砖瓦木梁结构平房。直到清末民初，还有人住泥砖墙木梁瓦屋。后来一些富有人家才兴建十三坑或十五坑青砖木梁结构并连屋。

林建开对我讲，林溪村当时兴建有九坑、十一坑青砖屋，但建十五坑青砖的屋子都是些有钱人。据说，传统上的中山古民居，一般是十五坑、十七坑或二十一坑的平房，其大厅是不开窗的。

华照村这些大屋开窗户，屋内地面铺阶砖，高大木门，有的还建起阁楼和神楼。20世纪20年代末至30年代初，已有华侨回来兴建楼房。一种是砖瓦木梁结构，两间并连缩回大屋，装上柚木大门及趟栊，铁枝玻璃窗，后座（有的在屋外庭院一角）建起厨房和厕所。另一种是外墙钢筋水泥两层平顶的中西合璧大屋。屋内地面有的铺阶砖，有的磨石米，还有铁枝玻璃窗、木楼梯、木板楼，厨房和厕所有的建在屋内，有的建在屋外。门檐、窗顶均有灰雕或花草虫鱼、西洋画、图案装饰，颇有气派。

华照村在中华人民共和国成立后至20世纪70年代，极少人家兴建房屋。只有土改后分到户的农民小修小改，及以后致危大屋拆掉改建平房。20世纪70年代末才有人建简易砖瓦木梁结构的平房。全村建新房的高峰期是20世纪80年代末至90年代初。一种是两间并连，砖瓦木梁结构两层金字顶结构，厕所厨房建于屋外的平房；一种是两间并连，钢筋水泥结构，两层或两层半，外墙贴马赛克或磨米，中西合璧的楼房。20世纪90年代中期以来，所建房屋多半是两层半或三层钢筋水泥、框架结构、外墙贴有色长条砖或方块陶瓷砖，有阳台、大门大窗，不锈钢楼梯扶手、粉饰内墙，装天花板，大方块瓷砖，屋内设讲究装修的现代化设施厨房和厕所。大部分楼房屋前辟有宽阔庭院，植树栽花。村里也有四层高新式大楼房（旁有车库）和别墅。

其实，在民国初期，林溪建了一座四层双隅青砖碉楼，只是到了

1958 年人民公社期间拆掉了，取其砖木材料建集体猪舍。民国时，村民林润洪亦建成碉楼一座，砖木结构，1952 年土改时分给村民，后拆掉。

村里各个年代的屋子都还保留着，行走在村中，可以感受到不同年代的房屋带来的时代气息。

林建开说，村里的公祠有子芳林公祠、松谷林公祠。两间祠均建于清代乾隆末年，占地 600 平方米，二开间二进建筑布局，砖木抬梁混合建筑结构。青砖和石柱、石雕等均保存完好。

第六节　每棵大榕树都是一片风景

林溪村后山有风水林，村里还有不少的大榕树。林建开提到村中有一棵高山榕，开村时就有了。

2023 年夏日的一天，我特意来到林溪树，寻找这棵高山榕。到了林溪村口，就见到有一棵大榕树立于路边，榕树下有几位上了年纪的村民在休息。我与几位村民攀谈起来。他们说，这棵榕树有两百多年了，原本在这个位置有两棵大榕树，1964 年大台风袭击中山，把另一棵大榕树吹倒了，现在只留下这一棵。

大榕树下，村民围着石块凳，不时有村中人踩着单车过来，停下单车走来坐下，开始聊家常。

听老人家说，这棵树是村民种的。当年这棵榕树还被日本人投下的飞机炸弹炸过。炸弹把树炸坏了，树中间空了，村民就用石块和木条把它撑起来，经过多年的生长，长出来的榕树把之前的石块都围了起来，中间现在留着一些空间，石块还能见得到。"中间空得很大，人都走得进去。"村中一位老人对我讲。

林溪村村口已有两百多年的古榕树（明剑摄）

第四章

踏浪有梦——那些难忘的画面

林溪村里榕树处处可见（明剑摄）

对于这棵榕树的年龄，村中人已经很难说出具体数字，老人说，他们也是听爷爷一辈的人说的这棵树的故事。一位90多岁的老人家说："这棵榕树在我爷爷的爷爷的时候就有了，我们叫这棵榕树'石夹榕'，因为榕树里包着石块，树根与树根都连在了一起，将石块包起来，小孩子在里面玩都能躲起来。"这棵榕树也是林溪村与岐山村的一个明显的分界处。

不时有等车的村民到来这里，让这棵大榕树下热闹起来，车辆不时路过，安静与喧嚣共存。

照着指引，我再往村里另一处有大榕树的地方走去。

细观这棵大榕树，似几棵大榕树结在一起，但慢慢细看，又见到其一条条根生于地，有点难分得清须与根。

树底下有石块写着"高山榕"，一边有此树的相关二维码信息。用手机一扫，就见到下面的相关信息。

地址：广东省中山市南朗镇（街道）华照村民委员会林溪下街一巷。

中文名：高山榕，别名：高榕。

生长状况：古树估测树龄380年，树高12.2米，胸径353厘米。

据华照村地方志记载，村子建村于南宋初年，历经800多年的沧桑变迁，村里仍完好保留着较多古树。由于榕树气根蜿蜒下垂，蔓根盘根错节，起伏不定，具有缠根现象及绞杀现象是其特有的重要特征；榕树被当地民众视为神（龙）树，并形成了拜祭榕树的独特的文化传统。据村中林姓老人介绍，树旁为村中红白喜事时群众聚集场所，百姓常于树下祈福。

《中山日报》对这棵大榕树的来历也有记载：

巍巍一树，盘根错节，大小树干缠绕一起，整个树要八九个成人围抱，绕着树座走了一圈，整整36步。树身高约15米，藤萝蔓挂，枝茎遒劲，有的挺拔向上，有的旁逸斜出，绿叶葱茏，百余平方米地方，都是树荫一片。……该树早年时，主干被虫蛀，逐渐腐朽而折毁（现树座上方还残留痕迹），但从树上倒长下来的气根，落地后茁壮成长，反倒成了"树干"。再仔细看，这些"树干"，有的是几根气根紧密黏合一起，抱团得几乎没有裂缝，有的在中间形成树洞，人身可过，孩子可以钻来钻去捉迷藏。林业局工作人员说，这棵榕树，叫高山榕，是南朗古树群中的"老寿星"，树龄在中山也是数一数二的，已经被列为中山市古树名木。林溪村民给这棵古榕砌了小花基，树下安装了健身器材，砌了石台石凳，这里俨然成为一小公园。树边正休憩的十多位老人说，这地方就是村民们闲聊、下棋、打牌，给孩子讲故事的地方，常常热闹非凡。而这棵榕树，在南朗地界，鲜有人不知道的。这棵榕树谁栽下，已经说不清。

我到来时已是中午，附近工作的人刚刚用完餐，就过来这里在树底下的凳子上休息，闭目养神。

2017 年 2 月 14 日，《中山日报》刊发了一篇《中山 80 个村庄获评全国首批绿色村庄》报道，华照村位于 80 个绿色村庄名单当中。这次绿色村庄认定须经复杂而严格的审核程序，如村委会申请、乡镇人民政府推荐、市县住房城乡建设部门审核、省级住房城乡建设部门认定、国家住房城乡建设部复核和公布等。目标是到 2020 年，全省村庄绿化量明显增加，85% 以上的行政村（不包括与城镇建设连成一体的城中村和城边村）达到绿色村庄基本要求；到 2025 年，全省 95% 以上的行政村达到绿色村庄的基本要求，农村人居环境和生态环境显著改善。

讲到华照村的林业，也与华照村的地势有关。华照村属冲积平原，地势平坦。全村西北部有低矮山丘。自古以来，林溪、岐山、麻东、麻西四个自然村的后山成林，上百年古树错落其间，林荫树翳。

据资料记载，华照村山头树木，多为自然林，全是杂树，而松树较多，山边灌木丛中亦有木麻黄、大叶桉、细叶桉、马尾松、台湾相思和不少不知其名的常绿树。中华人民共和国成立前，村里基本没有植树，但山上的树木自然成林。20 世纪 60 年代起，村里按上级指示开展绿化造林。全村五个村民小组，每年都接受上级下达指标，安排在荒山人工造林。20 世纪 80 年代以来，多植马占相思、大叶相思、南洋影，间种湿地松、柯木、赤桉等。改革开放以来，实施护林防火措施，有专人负责，林木保护得到落实，绿化造林面积有保障。20世纪90年代以来，村内大道相继种植细叶桉。村内古树、大树均砌上砖石围栏，既可起到保护作用，又可作为村民闲坐及夏季纳凉之用。

在麻西村社灵庙一侧上坡处，立有四棵大榕树，根系露出在外，村里人都叫风水榕，其中一棵还被火烧过。有一次我到麻西村采访，志勤指着一棵大榕树说，当年有村民把稻草堆放在树下，有人燃放鞭炮，点着了稻草，把榕树也烧了，但神奇的是，这棵被火烧过的榕树又复活了。这四棵大榕树都入了国家古树保护级别三级，树龄在100至299年之间。

榕树下摆放有石条，方便村民休息娱乐。

有资料记载该村树木情况。"村东、村西绿树成林，村东山上有荔枝园，村北有60多年的风水林，林中有一棵100多年的大叶榕树。村前树木繁多，有十多棵近百年树龄的大树（有山梨树、龙眼树、木棉

麻西村的古榕树（明剑摄）

林溪村民林建开在家中读报（明剑摄）

树、枥子树、山罗树、映树等），其中有一棵百年树龄的大叶榕树坐落在风水亭（怡晚亭）右侧。村中心有两棵百年树龄的大叶榕树和枥子树。"

2023年3月5日，我与文友小燕来到麻西怡晚亭，见到亭子右侧的大榕树。葱葱郁郁的大榕树成了村民纳凉的好去处。

怡晚亭内有福寿康宁的图画，还有桃园结义的瓷砖图，石柱里还能寻得见李家璧题写的亭名怡晚亭。村长对我说，这个亭子始建于清代道光年间，在20世纪90年代重修，由岐山村举人李家璧题写的亭名和对联沿用至今。

如今，大榕树与亭子相伴而居，为这片土地增加更多的历史文化内涵。

华照村对村中的古树进行过统计，全村约有11棵，树龄最长的有300多年，最短的也有100多年。在这些古树当中，林溪村的古树占的数量较多。古树与村落相融相生，慢慢地，它们会幻化成一种精神寄托，结成了乡情、乡愁、乡音。张艳庭所写的《古典空间的文化密码》对古树在村落中的地位评价很高："在中国乡村，一棵古树已经不仅是一棵树，而是村落原始宗教中的神灵，一个村落历史的见证者，更是村落自然生态的象征。在中国乡村，许多民间信仰都把古树当作神灵。一棵古树，不仅照顾着村子里的人丁繁衍，也决定着村子的祸福吉凶。"书中还提出"一棵古树还是村落历史的记录和见证者"的观点，让我们更加懂得古树的重要性。

第七节　让人迷醉的风水林

走到林溪后山的风水林，山峰上密密高耸的树木，浓绿一片。

林建开老人的家就在进风水林的文武帝庙桥附近。几棵大榕树立于桥边。一棵与众不同的大榕树，树筋虬结，表皮纹路深，是有上百年历史的老榕，春去冬来间，它发新叶萌新芽，荫泽后人。村民们对这棵榕树感情颇深。林建开外出劳作回到这里，也坐在树下闲坐休息一下。

往上走一点，我见到了村里最大的桂木。村民对我说，这棵老桂木有上百年历史了，小时候他们就见到这棵桂木长在此处。我试着去抱一下，但一人张开双手都抱不过来。桂木下有一块石碑，上面刻着"国家三级保护植物，保护编号：12000356"。这棵桂木的直径有一米多，树皮龟裂，剥开一块，呈暗红色。树主干下部笔挺，往上三四米则见几个大疙瘩，主干长不过六米便戛然而止，向四面八方铺展张开，树枝虬曲多变，叶子墨绿。

不觉间，远远望见一座文武帝庙。据村里人讲，文武帝庙建于元代，面积50平方米。因年久失修倒塌，1970年全庙拆掉。1996年，村

建于元代的文武帝庙（梁释文摄）

民自发出资加上港澳同胞赞助，在原址重建此庙。文武帝庙水泥钢筋结构，瓷砖外墙，面积 150 平方米。

林溪村原有庙宇四间，除了文武帝庙，还有天后庙、牛王庙和武侯庙，只是后三者今已不存在。据资料记载，天后庙，位于村西面，建于元代，面积 45 平方米，因年久失修倒塌，1962 年全庙拆掉。牛王庙，位于村中心，建于元代，面积 42 平方米，因年久失修倒塌，1965 年全庙拆掉。武侯庙，位于村西，建于元代末年，面积 45 平方米，1952 年土地改革时，所有菩萨被打烂，1965 年拆掉建民房。

文武帝庙的位置是风水宝地，后山是风水林，树木成荫，溪水从庙前流过。在文武帝庙的右前侧，有一棵大榕树，一棵分三株，两株旁逸斜出，一株笔挺，形态特别，长势惊人。

行走在山边，溪水轻流，风水林就在眼前。文字资料是这么记载的：村北后山有风水林 80 亩，有树龄 10 年以上的香樟树两棵，枝叶茂盛。村东有一棵树龄 20 年的小叶榕树，西北有一棵树龄 150 年的桂木树和一棵小叶榕树，村北偏东有一棵树龄更长的高山榕树。

走下山来，我到了林溪村的体育健身广场，这处新修建的健身场所成了村民的好去处。虽然已是中午时分，我还见到一村民在做运动。风水林在不远处，空气清新，运动起来也多了几分动感。

林溪村崇文尚教，从清代起就有私塾。民国期间设有林屋边小学，1970 年并入华照小学。到了 1974 年，林屋边小学旧址因防洪开掘北渠被拆除。

说到华照村的文体事业，这里有一些历史记载。

早在 1934 年，岐山已有一个民间粤剧社，名为思雅乐。它是一些爱好粤剧又有一定演唱水平的村民自发组织的。中华人民共和国成立以来，林溪、岐山、麻东、麻西，每年（除"文化大革命"期间）都请外县市粤剧团来村公演粤剧，充实村民文化生活。20 世纪 50 年代期间，村民文化生活单调，只有几户人家置有旧式留声机。除了国庆节、农历新年观看篮球比赛、看大戏（粤剧）之外，别无其他文化生活了。到了 20 世纪 60 年代，村民才开始购置收音机。20 世纪 70 年代，华侨、港澳同胞回乡探亲，带回卡式收录机，被视为最时髦的东西。进入 20 世纪 90 年代，村民文化生活逐渐充实。各自然村先后新建了水泥场地篮球场，每逢休息或节假日，篮球场内外人头涌动。国庆节、春节期间，村民小组还举办篮球赛、拔河比赛，邀请外地剧团进村公演粤剧，村里异常热闹。在 20 世纪 80 年代，林溪、岐山、麻东、麻西先后举行过迎新春男子篮球比赛。2002 年，在麻东灯光球场举行的华照村第一届春节男子篮球赛，成为历史上规模最大，最具有影响的赛事，有力地促进了华照群众篮球活动的开展。2002 年、2003 年，麻东、麻西举行庆祝春节男女子拔河比赛。1984 年，麻西青年欧阳志辉被选入中山市体校篮球队，在中山市体育局任职的岐山人林德志被评为国家一级篮球裁判员。

文体事业的发展常与当地的民间生活习惯息息相关。华照村人重视传统节日，村民在过传统节日时也有不同的方式。据了解，每年农历八月十五日中秋节之前，村民从农历八月初一起便纷纷购买各式月饼馈赠长辈及亲友。村民在中秋节晚上与家人团聚赏月，各家均准备月饼、田螺、芋头、菱角、各种生果等，待月亮升空时，烧香、烧爆竹拜月，然后家人围坐一起边吃边赏月。在农历九月初九重阳节，村民多往大车村石仔庙（蒂峰公园）登高。年轻人多选择重阳节前夕，约上三五知己，骑上自行车或开摩托车，个别人还开小汽车赶往蒂峰山参加夜登高，同时参与烧烤活动。而到了大年除夕，村民多选择白天杀鸡拜神拜祖先，有的还到庙堂还神和拜土地公，傍晚一家大小吃团年饭。一些在外地工作或定居香港澳门的乡亲亦回来团聚。20世纪90年代之后，有的人家选择到附近饭店酒楼吃团年饭。为增添节日气氛，提高广大村民对体育运动的热情、促进邻里交流沟通、丰富群众精神文化生活、展示村精神文明建设成果，村里在元旦、国庆节等节日期间举办篮球比赛，不仅丰富了全村党员和群众的业余文化生活，增强了体质，同时也加强了各村小组之间的团结与协作，提高了村民的凝聚力与向心力，从而激励广大党员群众更加团结、奋发、进取。华照村舞蹈队由约20名村中妇女组成，队长和领舞各一名，凭着一腔热情和不懈的努力，学有所成，多次代表华照村参加街道和市级的文化活动和比赛。

一片土地孕育的历史人文，是需要不断积累与发展的，在这过程当中，只有重视才能有更多的收获。

我曾向村小组的负责人打听林溪村的名人或重要人物，他们说林建开的小叔林浩钦就是其中之一，并带我到了家里，找出《中山日报》的一篇报道——《这一刻，等了62年》。我从报道中知道了林浩钦当年的身份。中国人民解放军防化学院于1983年出具的学历证明书，证明林浩钦是该校1958年7月至1960年7月的第五期学员。

据林建开回忆，小叔读书厉害，大伯和父亲供他读到初中。他1954年从濠头中学毕业后，先去中山县香洲公社任文书，1956年从香洲入伍读军校。1958年太婆（奶奶）离世，大伯给小叔写信告知，可他好像说部队有任务，不能赶回来。但1959年林浩钦突然就回来了。

林建开给我讲了林浩钦回村的情景："回来的那天，小叔穿着黄色的军装走回来，大伯等人正在田里拔秧。大伯见到小叔就说'快脱鞋，下田干活'。小叔二话不说就脱鞋下田干活。"林建开后来听父亲讲，小叔说他这次回来，以后可能就没有机会回来了。结果，家里与林浩钦的联系后来就中断了。大伯几次写信过去，最后都盖着"查无此人"的章退了回来，从此家人和林浩钦失去了联系。62年后，林浩钦的儿子林建东一家三口从东北回到中山老家认亲了。

林建开在家中把林浩钦的相关资料翻给我们看。有两份任命书，一份是任命林浩钦为防化学兵驻321厂军事代表室助理员，落款是1961年；另一份是任命林浩钦为该厂技术员，落款是1963年。另一个小红本子是转业军人证明书，上面写着："林浩钦同志，系广东省中山县

林建开小叔林浩钦（后排右二）当年参军的照片（明剑摄）

人，于 1956 年参加中国人民解放军，原在防化学兵驻 474 厂军代室任技术员职务，现为加强国家社会主义建设，特准予转业。"发证日期是 1980 年 8 月 1 日。

《中山日报》有记载林建开寻亲的经历：改革开放后这些年来，中山的林家人从没放弃过寻亲。20 世纪 80 年代任村治保会主任的林建开，每逢村里征兵，都会向部队的人打听小叔林浩钦的下落，但是什么消息都没有。……2018 年底，《中山日报》记者萧亮忠家里装修房子，给他安装水电的正好是林浩钦的堂侄子林兆军。闲聊中提起林家这件事，热心肠的萧亮忠立即找到林建开和他弟弟林建生了解详情，从他家拿到了林浩钦留下的笔记本、老照片，并把事情的原委写成帖文《寻亲人（老兵）林浩钦》，于 2019 年 6 月 20 日发在了"美篇"App 上。

"我拿到资料时，联系过中山军分区、中山民政局及珠海民政局，以及抚顺市退役军人事务局及民政局等部门，均查无此人。所以我就在网上发了文章，特意留下我的电话和真实身份。两年过去了，也没什么反馈。"萧亮忠说，2021 年清明节当天他接到来自沈阳的电话，对方自称是林浩钦的儿媳妇，还愣了半天。经双方核对信息，确认基本无误后，他第一时间就告诉了林家人。"这件事，我儿子立功了。"林建东夸起 16 岁的儿子。他说，2021 年 4 月 4 日，正值清明节假期，儿子林政融在家没事，便上网将全家人的名字在百度上搜索了一遍，看看有没有重名的人。当输入爷爷的名字时，萧亮忠的那篇寻人文章跳出来，他立即告诉了爸爸和妈妈。林建东的妻子拨打了萧亮忠留下的电话，竟然发现各种信息全都能对上。据林建东介绍，父亲 1996 年刚退休不久，就得了脑血栓，左侧手脚不太利索。2002 年，父亲肾脏出了毛病，从此每周要做两次透析，每次透析就要四个多小时，直至 76 岁在一次透析中突然离世。林浩钦女儿林晓红说，2009 年父亲曾有一次病危，她去探视的时候，父亲告诉她，他的老家在广东中山。从来不向别人提要求的父亲喃喃地对她说："也不知道他们还在不在世，估计应该不太好找。"

等了 62 年，亲人终于相见。2021 年 7 月 23 日，林浩钦的儿子林建东一家三口从东北回到中山老家认亲了。

第八节　糖环脆嫩诱人

2020 年临近年关，林溪村的年味就浓了起来。在村头的大榕树下，一群村民聚集在一起，忙着做糖环，给全村带来浓浓的年味。

村民准备喜庆的过年食品，人人都显得很开心。在大榕树下，六七人围坐在一起，加了一张小桌子，他们揉搓糯米团，在做像莲藕片一样的糖环。

糖环这种小食品，林溪村的人每年春节前都会做。林建开家里做得更多，他太太"米姐"在村里做糖环出了名。那天米姐外出没在家，不过，我在他们家中见到做糖环的家什，林建开还把做好的糖环拿给我们品尝。他说过年前会有好多人来找他们预订糖环，有时都忙不过来。糖环做好后放在一个大竹筐里，然后下锅油炸。烧油锅是林建开的事，他用荔枝木做柴火，把五桶共 25 升的调和油倒入一口大锅中，半小时后油煮沸，就可以炸糖环了。炸的过程中要轻轻翻搅糖环，约十几分钟，一千多个金黄的糖环就炸好起锅了，尝一口，酥脆香甜，余味悠长。糖环香脆不粘牙，多年来一直是林溪村的特色应节食品，其他村很少做。糖环上九个孔寓意着团团圆圆、生生不息。米姐做的糖环不仅风靡村里，好吃的美名也传播到远近几个村子。"每年春节前都有其他村子里的人前来订购，还可以做不同口味的。"林建开说，一袋糖环 20 多个，13 元一袋。他拿了袋南乳味道的糖环给我们尝了尝，味道很脆嫩。村

外的人不断找他们预订。在他家的厨房里还有一大箱做好的糖环，各种
做糖环的工具也一应俱全。

林建开说，米姐也希望能把做糖环的技艺传承下去，让大家在年节
当中，能找到更多传统的味道。

从林溪这里，我们就能见到华照人的心灵手巧，他们做的小吃品种
多又好吃。华照村的应节茶果有三月三丫苦、四月栾樨饼、五月端午
粽，喜庆时节有煎堆、艾饼糕，春节糖环、新年年糕等。

华照村民历来都是习惯于早、午、晚三餐。早、晚吃白米饭，菜式
多为鱼肉、猪肉及时菜，贫困人家多吃咸鱼、葱菜、瓜菜。午餐吃杂
粮、稀粥。逢节日，则增添三鸟肉吃。时令节日便蒸糕点、裹粽、炸煎
堆、蒸茶果、炒米饼等。秋季吃禾虫，冬季打边炉（火锅）。按季节村
民喜吃田螺、螃蟹、蚬肉。吃团年饭时，一般设"九大簋"。设寿宴必
备寿面和蛋糕。小孩满月，有钱人家便摆满月酒，端上猪脚姜和染红外
壳的鸡蛋。自 20 世纪 80 年代以来，不少人家都在附近酒楼、饭店、大
排档办婚宴、寿宴、满月酒、团年饭，近年亦有人家预订酒席，届时送
上门开宴，采用食谱多为鱼虾蟹鳝等海味及时菜。改革开放以来，村民
大多早餐改吃包点、粉面或杂粮，中午及晚上才生火煮饭。节假日亦有
村民外出饮茶。

味道是生活当中不可缺少的内容，民以食为天，各种美食都是百姓
生活富足的一个见证。从华照村民的饮食当中，我们见到百姓的生活越
来越好。

第九节　原始淳朴的自然风貌

记不清到过麻西村牌坊有多少次，很多时候都是匆匆路过，并没有

停留下来好好观赏它的素静平和。

《中山村情》一书对麻西村的牌坊有记载，说村中有两座牌坊，分别为文德门牌坊和余山里牌坊。文德门牌坊，始建于清代，20世纪90年代重建，上刻楹联"文笔双星师表千年国粹，德母一荻教仪万代家风"。余山里牌坊，始建于清代，20世纪90年代重建，上刻楹联"余山文明里，和璧礼义乡"。两牌坊重建后均为混凝土结构。

欧阳志勤带着我在麻西村行走，感受村中的乡风气息。我们从文德门牌坊向余山里牌坊走去，见到村中一座碉楼，村长说是民国时期的特色建筑，是中山市不可移动文物。屋外有一牌子写着：麻西村文德街4号民居。民居保存相对完好，建筑物左边是生活区，右边是碉楼。现作居住用途。在南朗不可移动文物名录上也可以查找到这间民居的信息。

面积大概145平方米，属于近现代建筑。欧阳志勤带我进到了花园里，主人种上了很多花草，桂花树就在屋子门外。村长说这里曾经还被

麻西村余山里牌坊（明剑摄）

多部电视剧作为取景点，但是有哪些电视剧，他也记不清楚了。主人刚好不在家，我们在屋外转了转，见到这间民居的门外有一个像小亭子的窗。这个窗子很特别，比大门要往外突出一截，格外引人注目。一问才知道，通过这个窗子能第一时间看到屋外是否有人进来，能提前做好安全防备。屋外还有一口水井，用铁栏盖住，可见多年没有使用了。欧阳志勤说这间华侨屋是由他亲戚在打理。

对于文德街 4 号民居，《中山村情》也有记载："建于民国时期。坐东北向西南，面阔 14.52 米，纵深 10.7 米，面积 145 平方米。高两层，砖混结构，中西合璧风格。大门右侧有一个往外凸出的采光窗，二楼设有阳台，楼顶有几何图形灰塑。民居后为碉楼建筑，高三层约 13.5 米，砖混结构，二三楼为木楼板，顶楼为混凝土楼板，楼顶建有梯间。楼顶外墙处有花卉灰塑，第三层、楼间及女儿墙上开有射击孔。该民居是民国时期较为典型的华侨建筑。"

民国时期，香山与海外交往广泛，不少香山人在海外落地生根，兴业安居，但他们没有忘记这块生养他们的土地，在海外发展得好就回到家乡建起新屋。他们接受了新的思想，回家所建的民居，无论是建筑风格，还是所用材料、创作手法，都融入了西化的特点。在我见到的这些民国时期的民居当中，房子的外观和结构也都是洋化的。岭南之地的侨屋向来都很特别，不少建材多是从外地运来。

出了这间民居，我们继续向着余山里牌坊方向走去。

一会儿就见到村中的风水塘。这口池塘有 100 平方米左右，志勤指着池塘对我说："之前清过塘泥，水深近一米，村民有时会放一些活鱼。"池塘的水很清澈，有一个亭子在池塘旁边相伴，似乎成了池塘的"守护人"。

沿着村里的路向前走，漫步在石板路上，两边是花树如锦的庭院及新旧交替的老宅，环境清幽。淳朴自然的村子散发出一丝清爽的气息。

麻西村中一景（明剑摄）

我们一眼就见到社灵庙，志勤说，麻西有两间庙宇。北帝庙，位于村口外，建于南宋末年，面积 40 平方米，因年久失修，为白蚁所蛀，上盖倒塌，1952 年全庙拆掉。社灵庙，位于村东北，建于宋代末年，面积 38 平方米，蚝壳黄土外墙，瓦木结构，因白蚁蛀蚀，被台风刮倒，1958 年全庙被拆掉，1999 年村民自发集资加上部分港澳同胞的赞助，在原址重建。

现在我们见到的社灵庙是重新修建的，志勤说，小时候那个位置是一个舞台。

虽然世事不断变迁，但村子里还是保持着一种自然而生的清静感。村里这块空旷的广场与社灵庙连成一体。沿着阶梯走至半坡，可以走到公路边，四棵大榕树就立在那里。从那里眺望，坡下的庙宇露出素净的背面。

在广场宽阔之地，平时村里的大活动都会在这里举行。我们的脚步

麻西村文德街 4 号民居是民国时期较为典型的华侨建筑（明剑摄）

麻西村的风水塘（明剑摄）

麻西村社灵庙（明剑摄）

没有放慢，不一会儿，我们就到了余山里牌坊。这座牌坊始建于清代。此时，村里正对牌坊进行维修，旁边的村侨联也在重新改造。

余山里牌坊楹联清楚可见"余山文明里，和璧礼仪乡"。据说，余山里牌坊能一直保存至今，是因为坊门具有地名标志的作用。

不远处就是绕山而过的公路，不时有车辆驶过。这里有一个大球场，村景洁净又朴素，但无论是风尘仆仆的游人，还是生活在这里的村民都会在这里找到一份宁静。

我们转到余山里巷子里就见到欧阳氏宗祠。

欧阳氏宗祠始建于清道光年间，占地面积约两百平方米，两开间二进布局，有天井，砖木抬梁结构，青砖、木柱、石柱、石雕等均保存完好。

祠堂墙面有些斑驳，但屋檐下刻印的浮雕以及房梁的游龙、花叶、云朵还是那么动人。祠堂是欧阳家族祭祀的地方，也是欧阳家族的精神

欧阳氏宗祠（明剑摄）

守望之地。

日前，俄罗斯自然科学院院士欧阳晨曦回乡寻亲就来到这里。欧阳晨曦小时候从父亲口中得知，故乡在中山南朗。百余年前，欧阳晨曦的祖辈离开中山南朗，作为清朝的官派任到了河北唐山。后来，一家人又到了武汉，欧阳晨曦在那里长大成人。2003 年，欧阳晨曦从德国留学归国，到协和医院血管外科工作。2008 年，欧阳晨曦获得华中科技大学同济医学院博士学位，成为外科泰斗裘法祖院士的关门弟子。2023 年 4 月，他回中山寻根，欧阳氏宗祠是欧阳晨曦"寻根"的终点。

这是欧阳晨曦第一次回到自己的故乡——中山南朗，第一次踏在麻西村的土地上。在这之前，他的父亲以及兄弟姐妹都不曾回过中山南朗去看家乡的模样。欧阳晨曦翻看过家里的族谱，知道从南宋开始，欧阳一族已在南朗生活了 800 多年："我的根就在这里。"

祠堂的建筑灌注了生活的气息。室内新旧并存，石柱上的图案栩栩如生，屋檐下的阳光猛烈，门外的长石条让人想丈量其长度，这里经受

欧阳氏宗祠的木柱、木雕（明剑摄）

着日积月累的风霜，却仍透亮洁净，足见村民对祠堂风物爱护有加。

据说，每年正月初，欧阳氏族人在宗祠举行挂灯仪式，并在麻西村欧阳氏族祖坟前举行祭祖活动。

挂灯一直是中山人的传统民间习俗。《香山县志》（同治版）记载："正月灯节，添丁者挂花灯于祠，以酒脯祀其先，曰开灯，亦曰挂灯，约俟清明，则焚之曰结灯。"

其实在华照这一片土

欧阳氏宗祠的石雕（明剑摄）

地，同样流传着挂灯习俗。据欧阳江耀介绍，华照村的挂灯习俗也有其特色。"挂灯，一般是上一年出生的男丁到了今年正月就要挂灯。村里当年第一个出生的男孩，如果他又是其家庭里的第一个男孩，则被村中人称为'男孙头'。正月时，由男孙头家里人组织当年村中其他生男孩的家庭一起筹备挂灯事宜。男孙头家里人会在挂灯前一年农历十二月底，提前了解当年全村每家男孩的出生情况，当得知哪一家有男孩出生，这家人就会将他们组织起来，到农历新年时一起挂灯。"他补充说，"挂灯是登记人口的一个重要依据，因为族谱是根据每年挂灯的男丁入册的。"

每个家族都希望本家族人丁兴旺，香火鼎盛，这是香火传承背后的价值与意义，"挂灯"是这个意义的外在延伸与表现形式。

欧阳江耀给我介绍了挂灯的过程。男孙头一家有一个重要任务就是要"择日"，即挂灯的时间。一般情况下，男孙头一家会按照孩子的出生日期来择日。当男孙头一家定下日子，其他家庭都必须要同意，所以，男孙头一家择日也会根据实际情况来定，到了农历正月十五就要结灯。一般情况下，男孙头一家择日不会选在农历新年的初一、初二，那两天大家都忙着要拜年，所以，挂灯一般是初四到初六这几天。

欧阳江耀很了解挂灯的过程，给我讲了很多细节："挂灯要完成几个程序。首先是开灯。开灯当天早上就挂灯，挂灯的时间由男孙头一家来定，一般情况下，都是在上午5点至7点或者上午7点至9点。在祠堂挂一个莲花灯，在社灵庙也挂一个莲花灯，祠堂门内的门官以及村内各土地公就挂六角灯。其他生了男丁的家庭按各自需要自行在家中挂一个莲花灯，并无统一规定。开灯当天做完挂灯事务之后用餐，我们叫'食灯菜'。以前，食灯菜多是用萝卜和虾米等包着生菜一起吃，当时只有男性可以进祠堂用餐，女性则留在家里吃。"

从挂灯的习俗中能感受到当年的社会习俗。

对于做花灯的材料，欧阳江耀讲道："小时候，我见到的莲花灯有花蕾和叶子，灯上还画着小孩的头像。以前在林溪村有一个老人扎纸灯，后来只有榄边村的人才懂怎么做。"

欧阳江耀对我讲了自己小时候见过的纸灯样子，当时的花灯还有灯芯，点煤油，还有点蜡烛的，现在都不用了。欧阳江耀的分享，让我听得津津有味。由于疫情的原因，华照村挂灯的习俗停了几年，直到2023年又恢复起来。"因为之前停了，今年就有八个男丁一起挂灯。"欧阳江耀说，以前挂灯时，全村的人都是你帮我，我帮你，大家一起出力，不过，现在流行包办酒席。当年挂灯的男丁要买回一缚筷子，共十对，还有五个酒杯、五个茶杯，这样每个男孩的家庭都要买一份。

除了挂灯，欧阳江耀还给我介绍了华照村的舞狮历史。

20世纪二三十年代，蔡润先生指导并招募了村中的青年才俊作为首批学员，并以自身对武术的浓厚热情及精湛的舞狮技艺，引领麻西村内的舞狮风潮。当时，舞狮表现形式多样，如出洞狮、落山狮，动作设计精妙，涵盖出洞、碰洞、探身、抓痒、翻滚、施礼、采青、玩绣球及"碌地沙"等动作，展现了舞狮艺术的独特魅力。值得一提的是，20世纪40年代是华照舞狮文化的鼎盛时期。其间，麻西醒狮队不仅致力于公益服务，更凭借其卓越的技艺赢得广泛赞誉。他们多次受邀前往翠亨下沙、三乡塘敢以及珠海下栅等地进行比武演出，极大促进了舞狮文化的交流与传播。麻西村的"出洞狮"被认为是较为正宗和传统的。

随着时间的推移，舞狮文化在华照村得到进一步普及和发展。后来发展到三支醒狮队，其中麻西队和岐山队为蔡润师傅门下，林溪队则由黄苏师傅指导。然而到了20世纪80年代，醒狮队招生困难，年纪最小的学员仅5岁。为此，村内乡贤热心出资购买"小狮子"给学员训练，以支持华照舞狮文化的传承。90年代初，随着改革开放的深入，大量村民外出谋生，学员步入高龄，队伍的发展遭遇挑战，醒狮活动日渐式微。

2023年，为重振舞狮文化，华照村重组文德龙狮团。这一举措不仅体现华照人对传统文化的尊重与传承，更为华照舞狮文化的发展注入了新的活力与希望。

志勤的老屋也在这条巷子里。老屋为两层楼房，石米外饰，门上有一个燕窝，但没见到燕子。志勤说，这是海燕，如果是家燕，燕窝会做在中间。我们仔细观看，这个燕窝真的没有安在门上中间的位置。这也说明村子离海边不远。

漫步于村中，你能感受到建造这些房屋的人，大都讲究生活情调，在房屋里融入了更多的文化内容，让人懂得闲情雅致。这些别致的房屋，嵌在灰墙青砖间的壁画，有年代感的玻璃窗，吸引着我们的目光。如果有一家主人能开门让你参观，你会为屋内的设计所惊叹。

村外人多想拥有一间这样的大宅。厅堂前有开阔的天井，平日里能吸收阳光，你可以躲在凉荫下坐看蓝天，感触光影的变幻，若到雨天，在此读书听雨，如在世外桃源。

2023年秋天的一日，我们在欧阳氏宗祠空地外拍照，耳边不时听到村民家中有广东音乐声飘来。在珠三角地区，广东音乐是村民们平日打发时间的最好艺术形式。中午的阳光正好，蓝天中的白云也跟着风在游荡。突见到一位头发稍白，光着膀子，身材瘦瘦的男村民从家中走出，向我们走来，并问道："哪里在烧东西吗？"我看看四周，闻不到什么烧焦的味道，就回了一句："没有人烧东西，估计是有人家在做饭吧。"他向天空望了一下，见我是陌生人，又问："你们来这里做什么？"我说来拍照片。

"我在家里拉二胡，闻到烧火味就出来看看。"男村民转身向家中走。

"你是住这里的？"我问道。

"是呀。"他回答。

"刚才不是你家里放音乐吗？"我继续问道。

"不是，是我在拉二胡。"村民说完就引我进到他家中，自己寻件上衣穿上。

这位老人家叫欧阳文亦，是麻西土生土长的老村民，1944年出生，快80岁了，显得精神奕奕。

厅内有一套精致的红木家具，墙上挂着日历，还有他孙女上小学时获得的奖状。房子不大，但很有生活气息。欧阳文亦给我讲了自己的经历。他从小就在村里种田，现在年纪大了，就自学乐器打发时间，也当

2023 年 9 月 26 日，作者在麻西村寻访欧阳文亦老人（左）（明剑摄）

老有所乐。十多年前，他参加南朗曲艺社和濠涌曲艺社，当时有一位曲艺社朋友知道他懂点音乐，就叫他一起来玩，"反正有空，一起玩玩了"。

欧阳文亦自小就跟着父亲学过乐器，对音乐有些基础，现在学拉二胡和扬琴，平时与曲艺社的人一起"耍音乐"。

"我从 2012 年开始学音乐，学了十多年了。"欧阳文亦说，他在曲艺社与老人家一起"耍音乐"，人家唱，他就

麻西村村民欧阳文亦喜欢拉二胡，是文艺爱好者（明剑摄）

配音乐。"全村'耍音乐'的只有我一个人了。"他笑着对我讲。

他把家中一台扬琴展示给我看，说是一位叫汉叔的人送给他的。他用二胡给我们拉了广东音乐《杨翠喜》与《步步高》。

欧阳文亦说，曲艺社也不是天天去，平时在家里就自己练一练，都是自学的。岁月静好，温暖如春。欧阳文亦老人的从容生活，让我们感觉到幸福在传递。

麻西村村民黄建良对我讲了麻西村 20 世纪 60 年代"联家学"的情况。20 世纪 60 年代，麻西村只有一台收音机，这台收录机的电池很大，由 50 多个小电池组成，还有一个大喇叭，要用箩筐来挑着。由于村里没有通电，平时，为了能让村里的人都听到广播，在村人到田地里做农事时，村干部就把收音机挑到村头播放。大喇叭一响，声音随风飘得很远，大家在田里劳动时就能听到。

"1967 年到 1968 年期间，村里交通很不方便，宣传交流也不方便。当年，为了更好地传达与落实中央的最新指示精神，村里就成立了'联家组'，目的是要把中央以及上级的精神能及时传达到各个村民心中。华照大队有总辅导员，村里有辅导员，联家组也有辅导员，这些辅导员到了上级部门学习后就回村里传达，传达的时间多是在晚上，由村里住得近的几户人家组成一个组。麻西当时有八个联家组，每个组都有一名组长和一名辅导员，组长是党员，也有青年党员，还有团员，当时到一个群众的屋里一起集中学习中央精神。"正是以这种方便快捷的方式，村民都可以第一时间了解到国家的最新政策。据了解，当时，华照村内的其他自然村也都成立了联家组，大大增进了村民的沟通交流。

华照村还有一些能承载记忆的物什，那就是闸门。华照近海临水，河涌众多，有时也会遇到海水倒灌。为了保护村民生命和财产的安全，就会建一些设施，闸门就是其中之一。

2022 年 8 月 9 日，麻西村文德门牌坊（林志伟摄）

　　1925 年，岐山始建第一座闸门，位于本村西堡，命名为拱辰门。1934 年，林溪在本村东南面兴建了一座闸门，命名为南门。同年，岐山在本村东堡村头兴建第二座闸门，命名为凤鸣门；另外分别在本村西面和北面兴建拱辰门和双桂里。人民公社期间实行集体养猪，拆掉了闸门，取其材料建猪舍。清末时，麻西兴建余山里闸门。该闸门位于村中心，高 3.6 米、阔 4.5 米，深灰色青砖外墙，上盖琉璃瓦，保持完好。不久又兴建文德门，位于该村西南面，是村民外出的主要通道。后因年久失修被拆。1991 年，旅外乡亲欧阳庆维出资，在原址重建，钢筋水泥结构，门高 6 米，黄琉璃瓦飞檐、三孔闸门，汽车可通行。

第五章

乡村彩虹
——流淌的风景

Chapter V

Rainbow over Countryside:

Flowing Scenery

第一节　木棉树花开灿烂

2022年9月的一天中午，我来到麻东村，从麻东的牌坊进到村里，被它的幽静所迷倒。在麻东街市外广场停好车后，就想到四周走走。麻东街市也是华照村综合性文化服务中心所在地，估计是中午的原因，村民很少。在广场外，麻东村小组党支部党务宣传栏里，有李华照烈士生平事迹介绍。不远处，一棵木棉树花开灿烂，似乎在诉说着英雄的

麻东村的木棉树花开灿烂（明剑摄）

1984 年建成的麻东村陈梁公园（明剑摄）

故事。

陈梁公园安静地待在一旁，好像在等着人们来欣赏。我进到公园内，见到观润亭。公园内还有一些体育设施，方便村民在此锻炼身体。随处走走就到了凤朝门，我返回见到一片农地，种满了各种农作物。靠路边的地方有甘蔗乘着风在摆动，屋边的香蕉树也像在探出头来观望。

2023 年 3 月 20 日上午，我又来到麻东村。眼前像有了新貌，村里的围墙、里巷、祠堂、民居等景观，让人有了更多驻足观赏的想法，看看能否捡拾起零落的诗意碎片。

村民小组长（俗称"村长"）陈炳晏给我介绍村里的情况。他指着外面的田地，说这里有一些外来农户租地耕种。

来到麻东梁氏宗祠，陈炳晏说，村里保留了两座宗祠，一座为季安祖祠，一座为晚保祖祠。季安祖祠占地 270 平方米，20 世纪 20 年代曾在此成立中山县第一个农民协会。当时村内有农民自卫军 30 多人，并配置枪支等武器。晚保祖祠占地 150 平方米，中华人民共和国成立后用作民兵部办公，20 世纪 50 年代末也作过食堂，后又作供销社，之后又作为学校课室。两座祠堂均于 2020 年重建。

大革命时期中山一段轰轰烈烈的农民运动历史就是在这里发生的。

麻子乡农民协会成立后，中山农民运动在各地轰轰烈烈地发展起来，并且形成燎原之势。

历史的硝烟早已走远，阳光依旧温暖。

村里街巷名有下湾大街、麻东正街等。问起名字的来由，陈炳晏说，当年村下面就是海，这里还有沙滩。回身望向新区方向，可以联想当年海水碧波，村下沙滩连片的景象。

我们来到村里的侨联大厦。陈炳晏说，现在村侨联大厦主要是用于村里喜事摆酒设宴，以前曾经用来做过老人活动中心，但现在老人很少来这里。村侨联大厦是 1986 年建成的，村里敬老活动等大的喜事都会在这里摆酒，平时这里就少用了。在大楼不远的地方，有一棵上百年的大榕树。

走到陈梁公园，陈炳晏对我讲，这个公园是 1984 年建成的，村里有了这个公园，村民都觉得很骄傲。公园建成那一年，他才 20 岁。他说："公园原址是一个鱼塘，还有村民种菜的地方，为了建这个公园，就把鱼塘填平、菜地推平。很多村都没有这么大的公园，一个村有这么大的公园也是很少见的。"

《中山村情》一书对麻东村有详细的介绍。麻东村位于南朗东北部，东至横门出海口，西与麻西村相邻，北与十顷村相接，南靠烟墩山。南宋末年，陈姓族人从石岐牛起湾迁至该地，形成村落。

麻东村与麻西村同属麻子村，村东原为麻子东堡，村西为麻子西堡，后麻子东堡简称麻东村。又因村中主要姓氏是陈、梁两姓，故

麻东村陈梁公园内的亭子（明剑摄）

1986年建成的麻东村侨联大厦（明剑摄）

1967年改称陈梁村，1986年复称麻东村。

该村地处横门口冲积地带，呈丁字状分布，丁字内侧是风水林。麻东村的风水林在1958年因大炼钢铁砍伐树木烧炭而遭严重破坏，至今未能恢复原貌。村北有大岗山，村西有榄横公路通过。

该村居民为汉族，广府民系。村民普遍使用闽方言南朗话。传统经济以农业为主，主要种植水稻，也有养殖业。自然资源主要有花岗岩和白瓷泥。村民历来重视饮用水源，有公用的饮用水井，位于下湾围，有300多年历史。传统食品有春节的年糕、炸煎堆，元宵节的汤圆，三月三的三桠苦、粉果，四月八的栾樨饼，中秋节的芋头糕等。村中有一个篮球场、一个健身公园。村中的麻东侨联大厦，作为老人活动中心，村民亦常在此设宴待客。现存砖瓦结构民居及旧侨房共186间。有祠堂四座，均建于清代，其中陈氏宗祠最大，占地460平方米。

竹洲山暗堡位于华照村麻东小组竹洲山上，为抵抗侵华日军而建，在"横门保卫战"中起到重要作用，是日本侵华永不磨灭的证据。暗堡是钢筋水泥结构，高2.3米，墙厚50厘米，堡内面积约5平方米。堡内向东北筑有3个枪眼，每个宽30厘米，高40厘米。

据资料显示，麻东有两间祖庙。

麻东祖庙，位于村东南面，建于清康熙二十三年，面积220平方米。建庙碑文记载了重修的年代：第一次重修年代模糊不清、难以辨认，第二次重修于光绪十年，第三次重修于民国20年，后因倒塌拆掉。1999年，在村民自发出资、华侨和港澳同胞赞助下，麻东祖庙在原址重建。正门横梁石刻"麻东祖庙"，门两边石刻楹联"智高西汉、学裕南阳"。

麻东康公庙，位于村东面，建于清康熙年间，面积50平方米。1954年拆卸，砖瓦木料被运往大浪底军垦农场建营房。

1999年重建的麻东祖庙（明剑摄）

第二节　这里的商业不一般

在我们的认知中，村庄一般没有商业，但在岐山村，村民多会从事商业活动。

李帝斯对我讲，岐山村这边经商的人较多，耕田的人比较少。他说，小时候听大人说，岐山的村民担大米出去卖，生活也很富足。

我从华照村委得来的资料见到，华照村历史悠久，但商业起步较迟。

清代期间的物品流通全靠丰埠湖边岐山码头作为中转站。石岐、唐家等地的流动商家，多用木艇把日杂用品，如食盐、火水（煤油）、缸瓦、陶瓷、木材、篸衣、绳索甚至金银珠宝按潮汛起落运到岐山码头，然后将货物搬上堤岸，席地摆摊出售，俨然是个临时圩市。当时华照一带，人口不多，生意未达到兴旺程度。

民国初期，华照周围还没修通大路，但已有肩挑日杂用品的外乡人，抄小路入村里售货，当地人称之为货郎。最吸引村民的商品是火柴、麻糖、饼干、牛角梳、红头绳、花布等，还有出售中草药、跌打药的。

1928 年，麻子（今麻东）人陈专溢个人出资，聘请师傅在自己家乡开了家和生酒店，雇用五个工人，设酒坊蒸酒，并备门市出售白米和米酒，这是华照最早出现的作坊和店铺。直到 1944 年，陈专溢结束营业，由同村人陈炳树承接，易名为生和酒米铺，生意兴旺，大大方便了村人。1933 年，麻子人陈帝初父子在村内开了间店名为陈记的杂货铺，经营日杂用品，村人购物再不用远走南朗和榄边，因此很受村人欢迎。1938 年，同村人阮崇又开了一间名为崇记的杂货店。1939 年，麻子（麻西）人欧阳华坤、欧阳其隆、欧阳吉祥也先后在家乡开了杂货铺。此时，麻子乡几间店铺的开业，繁荣了一方，为以后小商业的发展打下了基础。到了 20 世纪 40 年代，林溪、岐山、麻子（麻东、麻西）这几个自然村都开设了私营的杂物店，麻东、麻西最多。

20 世纪 50 年代，华照乡几个自然村多间杂货店有了变化，有的停业，有的转让他人经营。国家实行工商业改造后，从 1953 年起，取消私营商业，有的杂货店折价纳入公私合营，有的杂货店停业，符合就业年龄的被接收为当地供销合作社管理的小商贩，亦有年轻的私人经营人员被纳入当地供销合作社系统。到了 1954 年，林溪、岐山、麻东、麻西，先后开设了供销合作社分社代销店，统一由供销合作社南朗分社管理，实行吸收村民入股，章程规定每股股金 2 元。四间代销店的职工，由南朗分社安排，实行工资制。代销店货源一律由分社供应，主要经营糖烟酒、日杂用品、农具、盐酱醋及应节食品等。当时国家实行计划经济制度，代销店成了农村物流中心，统一价格，对口供应，实行上供下销，是农村商业的命脉，兴旺景象空前。每年夏收秋收后，代销店配合分社组织货源，设点摆摊集中销售，称之为物资交流。在国家经济困难时期，一些短缺商品要凭证定量供应。

1987 年 7 月，全市供销合作社转型，林溪、岐山、麻东、麻西四间代销店，分别由该店职工承包，不愿承包者可提前办理离岗。至此，供销合作社已完成它的历史使命，农村商业进入一个新阶段。1998 年开始，华照村便出现个体小商店，经营的商品多种多样，大大方便了村民和外来人员。到 2004 年止，华照村个体小商店共有 17 间。

华照村历年来商铺开设情况：中华人民共和国成立前个体商业店铺有渔栏 4 间、米铺 1 间、饼铺 1 间、猪肉铺 1 间、药材铺 1 间、蒸酒铺 2 间、杂货铺 14 间（1949 年前先后结束营业）。中华人民共和国成立后开了 25 间杂货商店（其中供销合作分社和代销店均属集体经营）。其后有 8 间先后结束营业，现仍营业的有 17 间。

从商铺到饮食服务业，林溪、岐山、麻西、麻东、十顷都很齐全，不过，有一些店子已经结束营业多年，村民不一定能记得。如"赞记杂货""彦安小食店""超记理发店""观记小食店"等，这些店子都只存在村民的记忆里了。

商业是反映一个地区经济发展和生活水平的重要标志。对于靠海依山的华照村来讲，村民有商业的意识，充分说明这一片土地得香山商埠的风气之先。

第三节　向海为生，依山而居

华照村背山面水，河涌交错，十顷濒临横门水道，历来村民在农闲及汛期都会到河涌或出海打鱼。作为一种副业，打鱼的收获除自家食用外，多余部分则拿到市场出售，以增加家庭收入，改善生活。

中华人民共和国成立前及成立初，林溪、岐山、麻东、麻西村民在农闲期间，每逢农历初一、十五，计算出海水涨潮退潮的时间，利用早晚时间段到河涌或海边浅水处打鱼。到河涌的用手摸鱼，退潮时则几人合力分段塞涌（河）、用木水车或木戽抽干水后捉鱼。出浅海打鱼，要乘木艇，到鱼群出现的海面撒网，一人或两人划桨，行船拖着渔网穿越鱼群出现的海面，驶出预定海域后才收网。这种捕鱼方法，产量时多时少。中华人民共和国成立前，只有十顷村三家农民才有这种木艇，其余各自然村村民，有的用手网，甚至只用双手在海面浅水处打鱼。国家经济困难时期，凡海水退潮时，各自然村民都结伴带上泥橇、铁钩到海边撇鱼。亦有少数村民带上蓄电池，在有鱼出现的河涌或浅海水面上输放电流，让触电的鱼浮出水面用手捕捞。另外，也有一些村民，在有鱼出现的水面上施放药物，游鱼触及后致晕便浮出水面，打鱼人则用手捕捞。20 世纪 70 年代以来，这种捕鱼方法已没人采用。

随着经济的发展，到了 20 世纪 80 年代出海打鱼已进入半机械化，配备马达的新型渔船代替了过去的木艇。十顷村村民，除耕种水稻、种蕉、种蔗之外，农闲时绝大部分青壮年男女都出海捕鱼。

自 20 世纪 80 年代起，由于农田大量使用化学肥料和施放农药，其残液随水流入河涌或浅海，使淡水鱼虾逐渐减少，农闲时的河涌捕鱼已不存在，即使出海捕鱼，也要到深海海域才有收获。

一提到"打鱼"二字，我就想到从事渔业的十顷村村民。

十顷村接近横门出海口，村南是丰盛围堤直至竹洲山，东濒横门海，南连麻东村，北为与横门口相连的长沙栏十顷围堤。村民居住在横门长沙栏十顷围堤旁边，与丰盛围堤隔河相对。

傍水而居，出海打鱼，是十顷村居民的一种生活形态。临近海边，空气中弥漫着一股潮湿之味。而今村民的居住地，就是当年围海造田的成果，尽管现时无法一眼望见海景，但靠着海湾的渔船交织出的密集排列，就说明离海并不远，对于渔民来说，只要是河涌口，只要是咸淡水交汇处，眼前就有了海。

据记载，清宣统二年（1910），中山、番禺、顺德等县的渔民迁来横门海城一带，以出海捕鱼和打散工为生。当时有二三十户渔民，至1949年增加到六七十户。1973年，该村全村搬迁，村民从十顷围、丰盛围两围堤上的茅寮中迁出，搬到谷围山南施长桥尾和地网地山边一带居住，呈带状分布。因村落所在围的面积初时只有十顷，故名十顷围，村名随围名。

该村为多姓村，村民属广府民系，使用粤方言沙田话。村民原多为疍民，先祖无法考证。村中姓氏有戴、吴、冯、洪、何、樊等。祖籍该村的港澳同胞有十多人。

濒临伶仃洋西岸，与海水潮起潮落相伴多年，十顷村民深悟"靠海吃海"这一道理。伶仃洋的水产丰富，自然生产的海鲜就是上天给人们的丰物。十顷村原属渔村，大部分村民以海为生，少数以耕作为生。尽管临近珠江口水域，但由于现代工业的发展，该水域范围内的渔业资源越来越少，渔民的收入也逐渐下降。全村主产稻谷、香蕉。村民从出海捕鱼现多转至耕种、外出务工经商及上山采摘山药、汤料（如鸡骨草、金银花、五指毛桃、土茯苓等）等为生，物产资源有狮头鱼、追鱼、凤尾鱼等。

午后的十顷村，行人稀少。平静的村屋像睡着了觉，远处的龙眼树结满了果实，偶见村屋大娘在整理透明的渔网，希望到打鱼时网里能收获更多的鱼虾蟹。村民依靠海洋资源过着丰足的日子。

村中有长安社，建于民国中期，1997年重建，位于长桥尾山边东部，与十顷老人娱乐中心相连。村旁有横门口暗堡，位于十顷围，为日军入侵中山时所建。暗堡为钢筋混凝土构筑，占地面积约九平方米。暗堡可封锁横门水道和对面的马鞍山，现大部分已被填埋，仅见顶部，高约一米。

十顷村有座长安社，是一处纪念先人之所。如果不是村中老人吴金华特地带我们去寻访，我们很难找到这个地方。

快 80 岁的吴金华头发稍白，但讲起话来条理清晰，语速也特别快，村中人都爱称他为"金华叔"。春季的一天，他在华照村委会先向我们讲述长安社的来历，然后带我们到长安社现场走访。

长安社就在海富路的边上，从华照村委会向十顷村方向，开车只有约五分钟路程，但因其背向海富路，就算你经过海富路，也不一定能寻得它的身影。

我们一行驱车在十顷村篮球场停下。这里只有篮球场，没有见到长安社呀？我们还在纳闷，金华叔笑着带领我们走进篮球场，指着前方被一棵粗壮大树挡着的建筑。长安社的样貌尽收眼底。"长安社只有十几平方米，很早就有了。到 1996 年重新翻修时，在屋顶上做了'二龙争珠'，外墙也装饰过，好看很多。"金华叔对我们介绍。

据金华叔讲述，当年，十顷村村口便是海，懂事后的他见到村外海面波浪起伏。中华人民共和国成立时，十顷村只有 30 至 40 户人家，村里的族姓也很杂。金华叔称，当年主要是一些水上人家在这里搭茅棚居住，但居住时间并不是很固定，有些人住一段又搬走了。后来，这里才成了水上人家的固定安置处，慢慢就形成了聚居地。

与长安社有关的民俗有两个：一个是农历七月十四艇仔巡游，另一个是农历八月初二烧花炮。七月十四，村中的艇仔在河涌中巡游，祈求风调雨顺。"当年，村里涌涌相连，户户都有艇仔，我们叫自己为'水路柴'，大家只是在山上砍了柴来搭一个棚子住。"金华叔说，现在村中的河涌已经不能见到了，但以前村中河涌与海相连，小船从村中就能出海，金华叔在十多岁时就见到这里巡游的艇仔。

到了农历八月初二，村中人聚集在长安社外空地烧花炮。金华叔说，当时，全村男女一起来到长安社外面的空地上烧花炮。中华人民共和国成立后，村里还举行过烧花炮的仪式。村里把花炮做得很好，放到天上。为了增加村民的凝聚力，呼吁大家一起来做慈善，烧花炮还加入了一些好玩的形式，就是做十个花炮，每个花炮里写有"关公"等名字，让村中人去抢花炮。"我们这个活动是白天烧花炮，如果你抢到，给村里一些理事钱，就能请回家供奉一年，将平安吉祥带回家。"那天，全村男男女女一起在村中，望着烧花炮，之后晚上回家用餐。1953年，金华叔也抢到一次花炮，抢到后捐出500斤谷给村里理事会。

在篮球场靠马路的一边，见到一排老屋，外墙粉刷得雪白。这排老屋曾经是村里的老人活动中心，还做过学校与粮仓。"1951年左右建了一所小学，当时小学只有一至三年级，有50多名学生，这间学校办了三年左右，村里就把这间学校转作粮仓。"金华叔对我讲。走进老屋内，大树在一旁陪伴着，残旧的内饰已经道出它的光阴之久。金华叔说，这棵大树是十顷村一位社员从竹洲山移过来种植的，当时很小，是杉木，当时的人说浇水就能生了。曾经有一个赤脚医生说，要好好保护这棵树，这棵树有药用价值。

十顷村的婚礼习俗也很有意思。

部分村民原为水上人家（疍民），有传统特色的水上婚礼习俗。过去，男女双方结婚时，女方要"上头"，男方要"上大字"。男家把鸡、鸭、鹅、猪肉、酒搬到女家去，即"搬礼"。当天晚上，男家点龙凤蜡烛、"拜纸合"，亲友唱栅口歌庆贺。到第二天，男家在小船艇挂起一对红灯笼，带礼品经水路去女家接新娘。接回新娘后，新郎、新娘两人向长辈和亲友敬茶敬酒。当天，新郎、新娘要把大字请回屋内，新郎双手捧着大字架，新娘手执一对红灯笼跟随。前面一人扛铜锣，慢慢地一步一步从酒席棚走回屋内，把大字架挂在大厅的墙上，至此婚礼结束。

现在，由于陆路交通发达，已改用轿车接新娘。

唱咸水歌曾是十顷人的重要娱乐方式之一，咸水歌原为当地村民在渔船、基围自娱自乐和谈恋爱时对唱的民歌。因人文环境发生变化，现在能唱咸水歌的人已经很少，且大多年事已高。

行走在十顷村，我没能听到咸水歌，但我感到这里的人比城市人安逸。停在岸边的渔船不时开出，渔民们来来回回，船上有做饭的家什——锅碗瓢盆，充满生活气息。渔民与渔船似离不开的伴侣，只要在一起，他们的生活就过得惬意。渔民坐于船头，遥望蔚蓝天际，船早已缓缓驶向海上。

提到海与水，华照村人都很有感触，他们非常注重做好水利工作。华照村委会有五个自然村，大部分农田都是冲积平原，地势平坦，土地肥沃，河涌交错。十顷一带耕作区濒临珠江内河，但临海农田所筑堤围低矮单薄，年久失修，围内河渠积淤，水流缓慢，每逢暴雨或洪水到来，低位农田河水泛滥成灾，堤围出现缺口，禾苗被浸，导致歉收或失收，中华人民共和国成立前没有进行水利建设。

据华照村委提供的材料显示，华照村水利建设，是1958年公社化之后才进行的。

1960年，岐山出资，在龙头环（土名）修建宽高各3米、水泥结构的小水闸，保障了龙头环周围几百亩农田的排灌。

1963年，林溪在石角（土名）至五十六亩（土名）一带，修建了长500米、宽5米的排灌渠，命名为抽水中心河。

1966年，岐山在村前修筑北支渠的岐山段排洪渠，同时又建了一个七孔排洪闸。

1969年，岐山开通了长美河，便于该河两岸农田灌溉。

1972 年，岐山在村东树林后，修筑了一道长 13 米、宽 2 米的水泥桥，方便农民下田耕作往返及机耕车辆出入。

1975 年在坑里修建了一个占地面积 10 亩的水库，解决了山坑一带的农田灌溉。下半年，岐山又在龙头环下基修筑了一条灌溉渠。与此同时，岐山又在龙头环原水闸不远处，修建了一个宽高各 2.5 米的水泥结构水闸，加速了龙头环一带的农田灌溉。

1976 年，岐山在安围涌中心地段，修筑了一道长 20 米、宽 4 米的水泥桥，机耕车辆可通行，改善了岐山村对外的交通状况。

岐山历年来兴建的水库、河渠、水闸、农路农桥，均由村集体出资。

1980 年开始，麻东集体分期出资 20 万元，分别开挖南洋环山排洪河和灌溉渠、槎仔桥排洪河和灌溉渠，还疏通了下湾河。一连多年，麻东从未停止过兴修水利。

1999 年初，岐山在三角丘（土名）至沙散（土名）农田水稻耕作区，筑了一条长 170 米、宽 1.5 米的机耕水泥路。下半年，又在三角丘建了一个长 4 米、宽 3 米水泥结构小型抽水站，解决了三角丘一带高位农田的灌溉。

1999 年秋，林溪、麻西将原来泥面机耕路铺上碎石，巩固了路面，便于手扶拖拉机、收割机行驶。是年 8 月，麻东在下湾水闸旁河面上，修筑了一道长 7 米、宽 6 米的水泥桥，方便了手扶拖拉机、收割机和其他车辆出入。同年 11 月，镇政府拨水利费 5.8 万元给麻东，疏通了长达 2 公里的下湾排灌渠，使下湾一带农田排灌畅通无阻。

2000 年 10 月，麻东全部农田耕作区都修筑了长 3 米、宽 2 米的水泥结构过沟桥，可供小型收割机和手扶拖拉机往返。同年 11 月，麻东又扩宽了长达一公里的南洋机耕道，方便了人车往来。

2002 年，林溪在村外水稻耕作区修建了一条长 60 米、宽 2 米的排灌渠。同年 11 月，麻东加深加宽了由南洋苦草（土名）至靴桶（土名）的排水沟。两旁砌石加固，前后各筑一个水闸，既可排洪灌溉，又可堵截黄泥水倒流农田。

2003 年，岐山原金瓜围内的排灌渠改道，在长 120 米、宽 1.5 米的水道两旁砌石，加固了路面，改变了该围长期以来排灌不畅的状况。

第四节　雷打秋，无丰收

华照村的林溪、岐山、麻西、麻东四个自然村居民，历来都讲南朗话，十顷村民讲水上话。全村居民绝大部分人都听得懂中山话（石岐话）、广州话，对外交流一般都用中山话及广州话，而十顷村民则用水上话为主。改革开放以来，大部分村民已习惯用普通话作为交流语言，尽管说得不标准，但外人基本能听懂。

南朗话属于闽语方言。我在广东经济出版社出版的《中山方言志》第九章看到对中山闽语南朗话的介绍。

中山闽语南朗话是指分布在中山境内原主要来源于福建闽语区，现定居于中山东部南朗和张家边一带居民所操的闽语方言。南朗话又称"村话、东乡话、德（得）都话、张家边话"等，是中山境内三大闽语之一，也是中山十大方言之一。中山闽语南朗话的主要分布地基本上集中在南朗和张家边，东起南朗的麻东、麻西、林溪、龙穴一带，西至张家边泗门、沙边止；北起珊洲、义学一带，南至南朗的四亨、合水口一带止，涉及 40 个自然村落，总方言人口超过四万人。

这一段介绍，让我们更清楚了解到华照村的语言特点。

当地还有不少农谚，体现了村民的语言和生活智慧。我从华照村提供的资料里见到一些，如：

雷打惊蛰前，七七四十九日不开天。

解析：如果惊蛰前响雷，说明气候不正常，必然会阴雨连绵，久不见阳光。

清明前好插秧，清明后好种豆。

解析：清明前气候暖和，水分充足，作物容易生长，是插秧最适宜的时候；清明后紧接着种豆，这样才及时完成春种，不会拖延生产季节。

插田插到立夏，插唔插就罢。

解析：插田拖延到立夏，过了春种季节，天气已炎热，延误了水稻生长期，定会影响收成，倒不如及时改种别的作物。

唔好东风搅坏海。

解析：农历六七月吹东风，预示天气骤然变化，大风大雨即将来临，渔民不适宜出海打鱼。

五月无干土，六月火烧坡。

解析：南方地区农历五月还是雨季，到了六月的时候，已是烈日当空、火燎辣。

禾出齐，二十日归。

解析：禾苗抽穗后，在正常天气下，大约20天后便可收割。

雷打秋，无丰收。

解析：如果立秋这一天打雷，说明气象反常，会影响农作物（一般指水稻）生长，严重的话，会导致歉收。

立秋有雨秋秋有，立秋无雨晒秧头。

解析：如果立秋这一天下雨，则说明雨水均匀，有利于农作物生长；如果立秋这一天不下雨，预示天旱，作物难生长，甚至会影响收成。

立冬三日满田红。

解析：晚稻水稻立冬之后逐渐成熟，预示收割季节即将到来。

从这些谚语里可见到，华照人充满了智慧。靠天吃饭的农民们需要对自然规律的变化有所掌握，也希望能把这些自然变化，特别是对影响生活和生产活动节气的变化，形成一种能口口相传的短句留下来，方便传播与记忆。《农学历史》一书说："谚语是一种特殊的语言形式，它源于古代劳动人民的口头流传，来自生产斗争的农业谚语和气象谚语，是最为广大人民群众所熟知的谚语，对我国古代乃至现代的社会生活和生产活动都有着极为积极的指导作用。"

第五节　助力深中通道建设

提到华照村的交通，有记载，古时曾有驿道——岐澳古道东干线，经过林屋边村至麻子南山埔，出水象山垄、珊洲坑路北上石岐。详细路线如下：由林屋边村东门，经李屋边村长寿门，往山道过第一度桥、第二度桥、第三度桥上当家氹，再从火炉山南山亭下南山埔，再上半山腰从白泉水井过食饭台下珊洲，经过小隐、张家边、濠头，直通石岐。路宽两米至四米不等，长约四千米，部分路段今已不存，或难以进入，现仅存驿道边的南山垄亭及两棵高山大叶榕树。

现时，一条建设中的通道为中山发展带来无限畅想，这条通道就是深圳至中山跨江通道项目（简称深中通道）。华照村处于深中通道西岸首要连接片区之内，交通地理位置凸显。从地图上看华照村的交通，翠亨快线立于一旁，横门工业新路围绕，海富南路在中间，还有深岑高速连接深中通道，便利的交通使华照村的区位优势更加突出。

在我采访时，村里人都说，早年的交通不方便，到石岐要转好几趟车，林建开说起他的小叔当年回村里也是步行回来，可见当年这里的交通的确落后。我在华照村的资料里见到了村里水陆交通发展的记载。

清咸丰十年（1860），由东乡人简胜光等倡议修筑的东干大道，从石岐学宫起，至崖口止，路面宽两米多、全程长 30 公里的黄泥路面大道亦经过岐山村口。民国 16 年（1927）修筑的岐关公路，东路从拱北关闸经过南朗。当时由南朗至林溪、岐山、麻子等村，可经茶西、茶东、南塘、濠涌山边黄泥小路到达。

当时陆路运输流量有限，从东乡一带来的肩挑货担贩子多是从上述小路到达华照几个村子的。民国以后，华照一带还修筑公路，肩担及自行车、木车运输仍走旧路。直到1985年，中山市汽车运输公司才修直扩宽榄边茶西村口至横门的黄泥路，并开设班车线路由石岐直达横门。这个时期，外镇区、外省市货运车辆常年运载建筑材料和工厂用的原材料，从外地运往横门（包括林溪、岐山、麻西、麻东）。与此同时，镇内已出现个体微型小货运车或改装的拖拉机参与营运。其间，个体摩托车也投入零星散件货运，但还未成行成市。随着20世纪90年代榄横公路通车，为个体机动车营运创造了条件。参加陆路机动车个体营运的车辆逐年增加，到2004年，共有73辆。

在水路运输方面，华照村五个自然村背山面海，东濒珠江口，东北接横门水道南流，水资源丰富，水路运输得天独厚。清末民初，南朗一带尚未修筑公路，丰埠湖内河涌交错，岐山、林溪等地村民，多由水路与外界联系。从岐山村口（南朗屠宰场场址）有木船过涌口（冲口）、左步和南朗。不久还建起了码头，方便人货上落，货运木船也可停泊。随着珠江口水上航运的发展，开始有商人从石岐用木船载运缸瓦陶瓷、日杂用品等货物在岐山码头停泊，就地摆摊设档。后又有人用木船往返唐家、澳门和香港，初期全是货运，不久已有人乘坐这种木帆船往返。清代，麻子（现麻西、麻东）农民除种田外，还兼种麻，收成后的麻皮可用手搓成麻绳。收购商将产品打包，用船载运出外，岐山码头就成了中转站，水上运输逐渐形成。清末民初，丰埠湖逐渐积淤成田，水位提高，河涌狭小，不宜行船。涌口门外水道成滩涂，船只出入不畅顺。自此，内外水路运输逐渐被陆路运输所代替。

交通发达的村落，在经济发展当中会拔得头筹。无论是陆路还是水路交通，其通达与便利对当地工商业发展、村落变迁都会有促进的作用。在这里，还得讲讲世纪工程深中通道的建设。深中通道的建设需要大量砂石材料，而部分砂石材料就来自深中通道（采石场）。2019年7月10日，"中山发布"微信公众号在一篇报道里提到：7月10日，市人大常委会组织居住中山的全国、省及部分市、镇人大代表共两百多人，开展推动粤港澳大湾区建设及水污染防治专题调研活动。其中，来自南朗华照村的镇人大代表李健湖有另一个"小兴奋"。因为深中通道建设用到的砂石材料，有部分正是出自他们村。他表示，能为深中通道这项世界级工程的建设做出贡献，感到非常荣幸。在项目建设中，村民通过石矿场的建设开采获得收益，将来深中通道通车后，登陆点就在"家门口"，对华照村的发展也会有很大帮助。

对于深中通道建设，华照村也在默默做出自己的贡献。

第六节　春风化雨，润物无声

在采访李帝斯时，我才从其口中得知，他与欧阳江耀老师是中山纪念中学的同学，又是在华照小学（又称岐山小学）教书的同事。他说当时在纪中读书时，家里穷，连伙食费都交不了，就回村里做事了。讲起教书的日子，他说只教了六年书，不过，教书的时光很难忘。

他向我提到华照小学的变化，为了家乡教育振兴，港澳同胞回来捐资办学，其中李东海捐资比较多。

岐山学校创建于1920年，校址在鸣岐祖，面积580平方米。中华人民共和国成立初期迁至李氏宗祠，易名为岐山小学。1953年6月，将坐落于海边的一间祖庙及西堡北帝庙拆掉，用砖瓦木料在鸣岐祖（祠堂）旁边扩建七个课室，将祠堂大厅作为礼堂，总面积为1200平方米，易名为华照小学。1954年至1968年教学班六个；1968年至1984年教学班八个，其中附设初中班两个，学生300至350人不等；1984年至

2003 年教学班六个，学生 250 人，旧学校由村集体筹集资金兴建。岐山李东海小学是 1980 年李东海及乡贤捐资 50 万元兴建的，故名李东海小学。

此外，还有一间纯义小学，位于麻东村南树林边，占地 2260 平方米，建筑面积 760 平方米。1966 年旅美乡亲梁纯义捐资 60 万元兴建。1966 年 9 月至 1995 年 7 月，由梁惠枢担任校长。1995 年 9 月至 1999 年 7 月，由陈碧清担任校长。1999 年 9 月与横门小学合并，迁往原横门中学校址。

1930 年，麻西人士欧阳荣之捐资，在北帝庙旧址兴建麻子小学。校舍面积 800 平方米，开设小学一至六年级，历年学生人数不超过 200 人。1946 年在北帝庙侧（现华照村委会会址）重建新校，仍设一至六年级，学生人数每年 200 余人。1931 年 9 月至 1946 年 7 月，由欧阳月明担任校长；1946 年 9 月至 1952 年 7 月，由欧阳忠强担任校长；1953 年 9 月至 1954 年 7 月，由黄松和担任校长。1954 年 9 月与岐山小学合并，迁往岐山小学。

十顷小学创立于 1950 年，用解放军部队撤离后留下的葵棚作校舍（十顷围内）。入学人数不多，仅开设初小复式班，不设校长，直接由农会领导。1952 年 9 月，在十顷山边辟地 350 平方米，由农会出资 800 元，搭建 250 平方米茅屋为校舍。

1968 年，由十顷生产联队出资，在大岗山脚兴建砖瓦结构校舍，开设一至五年级，常年学生人数 125 人左右，由林浩本担任校长。1971 年 9 月并入横门小学，原校舍空置。

从学校的变化中可见，华照村对教育十分重视。

华照村委会有三间幼儿园。一间是顺祥幼儿园，位于麻东西北面，榄横公路旁，1996 年 2 月动工，1996 年 9 月落成并投入使用。另一间是林溪幼儿园，位于林溪村内，建立于 1996 年 3 月，由村民小组管理。

第三间是岐山幼儿园，建于 2001 年 9 月，由华照小学管理。

现今来到岐山小学旧址，这里已经成了一间时尚的民宿——喜家别苑民宿。喜家别苑是由原来岐山小学翻新改造而成的。在保留学校主体的情况下，环境设计以徽派建筑风格为主，白墙青瓦，石山小溪，青砖瓦片搭配。室内设计是以简约中式风格为主，搭配五星级标准的床上用品和一次性用品，客房已安装智能家居系统，空调、灯光、电视、窗帘都可以用语音完成控制，十分方便。

喜家别苑一旁就是一片稻田，这里山清水秀，稻田飘香，可上山望海。村里租出旧房，也让旅游业得到充分发展。

第七节　顺应时代，搞活经济

华林家私厂、志勤塑胶厂、大华手袋厂、高士敦针织厂、骏达手工艺厂、中奇助济厂、康富针织厂、胜骐塑胶厂、丽丽制衣厂、华乐电子五金加工厂……很难想到，华照村有这么多的工厂企业，这些都是改革开放后办起来的。当年，这些工厂企业为华照村带来了大量的就业岗位，也促进了当地经济的快速发展。在 1979 年至 2004 年各村民小组常住人口（农民）从事非农业劳动人数统计中见到，光针织厂就为华照提供 186 个用工岗位，另外制衣厂提供 60 个用工岗位、电子厂提供 78 个用工岗位。这些都是促进农民增收的方式。

改革开放前，华照村属单一的经济体系，农业生产以水稻为主，贯彻执行以粮为纲的方针，接受上级下达指标，统一规划种植小量甘蔗。村民在自留地种植茨类及蔬菜，供自家吃用，多余者亦有投入市场。华照村自从实行以生产队为基本核算单位以来，农民生产积极性有所提高。逐年兴修水利，水稻种植品种不断改良，推行科学施肥，水稻产量有提高，口粮分配，人均每月可达40至45市斤，但扣除口粮折价后全年工分标准现金分配很低，超支户达50%以上。自留地生产、家庭副业收入成为农民经济收入的补充。

1979年，全村实施"联产承包责任制"，分田到户之后，农民生产的积极性大大提高。实行土地调整，将较好的土地按照每户人口数分配承包，多出来的土地，由集体按市场价格承包给农业专业户，同时推广发展"三高"农业，适当扩大香蕉大蕉的种植。农民自留地生产灵活多样，种植蔬菜、瓜茨等，除家庭人口吃用之外还有出售。部分农民饲养"三鸟"、生猪及从事非农业生产工种，大大改善了生活。农民个人承包责任田之后，实行科学种田，做到保产保收，年终有现金分配。仅1979年，全村农业总产值为120万元，农村经济总收入为75万元，劳动力年均收入为120元，固定资产投入总额为55万元。

20世纪90年代中期，村委会着手进行招商引资。到2004年，全村工农业总产值为3853万元，农村经济总收入为2695万元，社会固定资产投资总额为1110.46万元，农民年人均收入为5493元。华林家私厂、志勤塑胶厂、大华手袋厂等厂企就是在那个年代开办起来的。

华照村属农田地区，自开村以来一直都是以农业生产为经济命脉，改革开放前从未兴办过工业。20世纪90年代，在"三来一补"和村办企业浪潮的推动下，蔡志勤利用国家实施的优惠政策和本村因地制宜的条件，出资50万元办起华照村第一个私人企业。自此，华照村逐渐办起了十多个手袋、家私、针织、制衣、塑胶等门类的"三资"及独资个体企业。

李帝斯为我讲起他当年担任岐山村负责人时发展经济的情况："我刚做的时候没有钱，村里还欠了银行八万多块钱。1989年，我就引进了两间厂到村里投资。"李帝斯引进厂企进村就是在"三来一补"和村办企业兴起之时，当时引进这些厂企并不是一件容易的事。

"为了农业生产，当时生产队还得向银行贷款买肥料，所以生产队欠着银行八万多，我接任后，就要还这个钱。那时村里有八个生产队，过于分散，有的生产队贷款来买肥料、买牛，八个生产队都是欠钱的，我当时记得欠银行 8.6 万元。"俗话说，巧妇难为无米之炊，村里不单是没钱，还欠银行八万多元，按当年的物价来说，这是相当大的一个数目了。

如何办？摆在李帝斯面前的难题必须得跨过去。作为有红色基因的村民，面对难题就要勇敢面对，主动担当，克服困难。

李帝斯把八个生产队合在一起，办起事来就更容易，形成合力，便于管理。在南朗，岐山第一个把分散的生产队合为一个。"我当时在村里引进针织厂和手袋厂，一年几万元租金，虽然这些厂都比较小，但手袋厂一年有两万多元租金，针织厂一年有三万多元租金，一年加起来有五万元左右，加上引进采石场，集体经济年收入跃升至近 20 万元。"村里一下子就有了收益，之后，村集体就可以把之前欠银行的 8.6 万元都还了。

正是有了这些厂企，让村民在村中就能就业。"当时，村里妇女还有周边村人都过来做工，因为离家近，在这里打工方便，每月 100 至 200 元的收入，对于当时的生活水平来说，有 100 多到 200 块钱一个月的收入算很不错了。"李帝斯讲得细致，让我们也了解到当年的经济环境。他说，进针织厂做工的人不能太老，因为要做针线活，老了眼睛不好使，所以，进到针织厂做工的人都要年轻一些。在这一阶段里，针织厂和手袋厂交的租金成了村里主要的经济收入来源。

1978 年十一届三中全会后，中山的工业得到飞速发展。据《中山市志》资料显示，中山的乡镇企业得到了蓬勃发展。1979 年至 1983 年，中山各乡镇通过改善投资环境，利用侨乡优势，吸引外商办起胶花、毛织、服装等"三来一补"形式的企业，主要兴办和发展了小型、劳动密集型的企业。1979 年镇区村办工业 468 家，从业人员 28403 人，总产值 19579 万元，比上年增长 47.79%。1982 年达 290 多家，总产值 4.27 亿元，比 1979 年增长 1.2 倍。1983 年至 1986 年，乡镇企业在"三来一补"业务迅速发展的基础上，根据各镇区的自然条件、生产能力、人口素质等情况，扬长避短，有计划、有重点地安排来料加工生产业务，逐步形成了有重点的连片性加工出口区。1986 年镇区村办工业总产值 17.21 亿元，比 1982 年增长了三倍多。1987 年至 1990 年，各镇区继续实行突出重点、分类指导、扬长避短的方针，首先抓紧基础好、发展前途大的骨干企业的配套生产，利用镇区工业的优惠政策，大搞横向联合，吸引外部资金和技术，兴办新企业和增设新项目，大力发展出口生产和劳动密集型的"来料加工""来样加工"业务。

华照村与时代同步，在那个年代，村里的经济与市里的经济同频共振。到李帝斯退休之时，村委的账上还留下 110 万元。

第八节　擘画乡村振兴蓝图

穿过历史云烟，而今展现在人们眼前的华照村安逸宁静，田园风光宜人。

欧阳建章对我讲过，华照村有土地面积 11.95 平方公里，户籍人口约 3860 人，村委会辖下有五个村民小组，开创了"村组合作、联动发展"的路子。

漫步在华照村的各个自然村里，便觉它正在悄悄变化。林溪村那些新建的房屋与旧屋成了一种新旧对比，远处是四季色彩变化的稻田。岐山村的古屋与横巷似有意在与游人玩耍，那些墙壁和窗檐的浮雕还是那么栩栩如生，让周边的倒影显得雅致又调皮。

拥有红色基因的华照村在发展中，勇于争先，敢闯敢试。单从村里的环境整治就可见到。

华照村辖下的五个村民小组开展环境综合治理和卫生建设，以村容村貌的绿化、净化、美化为中心，有目的、有计划地进行。

1994 年，岐山填平了村口百年臭水塘，在面积达两亩的平地上兴建了菜肉市场，有上盖可挡风雨，四面出入，市场外围通道还修筑了花基，栽上树木花草。近路口处，还兴建了李华照烈士纪念亭。亭两边栽上树木，亭内竖立碑石，简述李华照烈士生平及建亭缘由。后来承蒙香港中山侨商会赞助，铲平李东海学校前面 1.5 亩的丛生杂草，建了灯光篮球场。球场前面大榕树下的小公园重新规划，建了花基花圃，砌了石凳，园内园外栽上花木。上述两项设施，既美化了村容，又为村民提供了运动和休憩的好场所。

1999 年，林溪在南门屋地占地约 50 平方米的大花坛植下 30 棵红榕树。同年，麻西在长 250 米的文德路两旁建了花基，栽种常绿树，在平整宽阔的水泥村道两旁安装了路灯。麻西还将村口那条杂草丛生、垃圾积聚的排水渠清除积淤，加宽挖深，渠床两壁砌石，渠底铺水泥，让流水畅通无阻。

1999 年 10 月，麻东在村中心建了一个面积 25 平方米的彩瓷砖墙基大花坛，并栽上四季花草。光滑的花坛围基是村民夏日纳凉、早晚休憩的好地方。2001 年，岐山旅美乡亲李采军捐资，重修村外山边"泉井"，清除周围杂草，铺上水泥，又将长达 300 余米、通往泉井的黄泥路铲平并铺上水泥，方便前往泉井汲水的村民往来。

1986 年开始，华照各个自然村已着手进行环境综合治理，推广爱国卫生运动。1986 年秋，麻西在居住人口密集的街道，清除村内街头巷尾的露天垃圾堆，并分别修建了 12 个砌砖马赛克贴外墙的垃圾池，让村民存放垃圾。1995 年，兴建垃圾收集站，各住户门前设置垃圾桶，改变了村民乱倒垃圾的陋习。村民小组雇用的清洁队员，每天清理收集站的垃圾，用推车运往村外指定地点处理。自此之后，岐山、林溪、麻东、十顷都先后在村口内外、闸门旁边设花基栽花。各村民小组都先后订立了清洁制度，村村有垃圾池，街道有人打扫，村民清洁卫生意识逐渐增强，保障了街道清洁卫生。1980 年起，华照村委会辖下五个村民小组，先后硬化了村内外的大街小巷，同时覆盖了长年污水横流的大小沟渠。1998 年，岐山分别在村东村西各建一个 40 平方米的公厕。十顷历史遗留下来的露天茅厕均已被拆除，家家户户建起了室内三级化粪池，人人讲卫生的新风尚已兴起。

2003 年 7 月，麻东平整了村北路旁大榕树下的垃圾地，在 70 平方米的树荫下铺上水泥，并砌了三张长砖椅，既美化了村容，又给村民提供了歇息之所。由 1980 年开始，村民小组每年两次安排村民铲除村内大小花坛、花圃、花基的杂草，每年 4 月、6 月、8 月、10 月开展群众性灭蚊灭鼠运动，在街头巷尾、沟渠口、垃圾站（池）内外、水沟边、公园、草地、树下、空地、公厕等公共场所，逐一落实清洁、保洁、消毒措施。每年春节前，村民小组安排人力清洁公共场所，清理垃圾池，通污水沟，清理道路沙井，铲除街道杂草等。

为了村庄更美丽，华照村委的领导干部不断做实各项工作。

2006 年，华照村率先开展灵活就业工程，让村里妇女在家也能"上班"。"在这里工作很好，既可以开工，又方便照顾孩子。"华照村村民阿凤笑意盈盈地说。当时，她正和几十名华照村妇女在该村的灵活就业工程示范点做着加工针织衫的活儿。南朗首个农村富余劳动力灵活就业试点工程在华照村启动，吸引了该村 80 多名农村富余劳动力参加，阿凤就是其中一员。

这是当时新闻报道的一幕。为了让村里的妇女能就近灵活就业，华照村做了大胆的尝试。

报道还写到，华照村地处偏僻，交通不便，很多妇女虽有就业愿望却因要照料老人、小孩而不能外出打工。据统计，当时全村富余劳动力有 257 人，其中女性富余劳动力有 124 人。为此，华照村在南朗镇内率先开展了灵活就业试点工程。村委会通过收集村民意见了解到，不少村民都做过纺织类的工作。因此，村委会与南朗镇内一纺织公司签订协议，由村委会设立定点的收发货工作场所，配备专职人员负责日常管理工作，该纺织公司提供货源，采取外发加工形式，供给农村富余劳动力加工。该纺织公司也专门选派了几名熟手师傅前来指导、培训在示范点工作的妇女。"现在妇女们在这里可谓是边受培训边工作，等她们成熟手了，就可以把活儿拿回家里加工，那样她们的时间就能灵活分配了。如今已有十多名妇女在家里开工了。"时任华照村村委会主任李健湖介绍，"她们的工资是月底计件结算，多劳多得。如果按每天七小时计算，每人每日大概可以拿到 20 元。"南朗镇（街道）劳动保障部门负责人

华照村的榕树林处处可见（明剑摄）

表示，灵活就业试点工程的启动，有效地改变了村民的就业观念。

2019 年，村里着手修整村中主道路，把原本较窄的水泥路提升为可轻松双向会车的柏油路，同时进行人居环境整治。

从林溪走到岐山村，平坦宽阔的马路令人心境愉快，路边的树木与道路交织成村里一道靓丽的风景线，稻田在道路的两侧生长，望到的是村民过得红红火火的日子。

2020 年 12 月，《华照村美丽宜居示范村建设项目库》公布了规划三年的蓝图。按照中山市全域旅游发展规划，位于"文化旅游增长极"中的华照村，将林溪、岐山、麻西、麻东和十顷五个村民小组，通过41 个项目，以点连线，以线带面打造田园文旅宜居示范村。

麻西村牌坊一侧，新建的玻璃屋落成，华照村委负责人告诉我，他们要在这里打造一个全新的书房，引入网红元素，以后这里还会有咖啡店等时尚业态。

在此之前，村委负责人对记者说过愿景："在现有的崭新宽阔的村道基础上，华照村将建设田园栈道和环山骑行道，并在现有的矿坑水库区打造潜水基地、攀岩、林间足球场、水上乐园和山林露营等户外项目，创建属于华照村的一张丰富而独特的文旅名片。"与此同时，华照村还将谋划打造稻田科普基地，完善稻田的基础设施，举办大型的稻田亲子运动会，建设水产养殖科普基地和农副产品科普展览馆，大力发展观光农业、体验农业等。

今天，田园栈道已经落成。我在田园栈道行走时，山边的树木映眼，田边的稻香扑鼻。

村里的环境整治在加快，可以预见，华照村未来的村容村貌将更加美丽，宜游宜居宜乐的乡村文旅业态正在形成。

村委前任负责人说："今后，得益于中开高速、中山东部外环高速、翠亨快线等，连接周边与华照村的交通路网将越来越完善和便利，这有利于华照村发展乡村文化旅游，带动各方面的建设发展。华照村有得天独厚的红色资源、田园风光，相信华照村将来会大变样。"

华照村的美丽身姿已徐徐展现。

延续村委前任负责人规划的蓝图，华照村不懈努力，继续把红色基因融入村庄的发展血液之中，推动昔日革命老村走上乡村振兴之路。

2023 年 7 月 12 日下午，翠亨新区的中山西湾建设投资有限公司与南朗街道华照村举行经联社工改项目签约。本次签约涉及的华照村经联社所属物业，坐落于横门工业区麻东经济合作社"元头山"地块，总建筑面积约为 4639.15 平方米，年租金收入为 72.37 万元，为华照村经联社主要经济收入来源。中山市南朗建设发展有限公司副总经理、中山西湾建投总经理严俊透露，改造完成后，华照村经联社可通过"返还物业"等方式，获得高标准厂房，实现村集体经济"三不减一递增"，即改造前后租金不减、物业价值不减、国企代管后物业运营能力不减和物业租金分年度递增。华照村党委书记欧阳建章透露，华照村麻东经济合作社、麻西经济合作社有两个地块纳入中山市清洁能源主题产业园（翠亨新区）一期"工改工"（政府整备）连片改造项目范围，由西湾建投负责开展前期整备、搬迁补偿等。

华照村正抓住乡村振兴的机遇，抓住中山积极融入大湾区的契机，因地制宜打造田园文旅宜居示范点，在发展中传承红色基因，让红色血脉一直流淌。

华照村村居生活闲适美好，村民口中不仅提及个人生活水平在提高，还包括村民社会福利、村居自然环境的保护，以及红色文化滋养下精神和文化层面的提升。

华照村围绕深化"红色引领绿色"与"特色引领绿色"的内涵，通过项目化规划建设，将产业发展与乡村旅游紧密结合，已在乡村振兴之路上迈开了大步。

华照村环山观光栈道（华照村委供图）

　　如何写好有温度、有厚度的民生答卷？华照村以掷地有声、踏雪有痕的方式做好工作。2023 年 6 月，对村中 60 岁以上的老年人、慢性病患者约 500 人进行免费体检，并进行定期随访，时刻关注老年人身体健康；完成妇女常见病和两癌筛查工作，入户开展精防走访工作，持续推进基本公共卫生服务和家庭医生签约服务落到实处；于春节、"七一"建党节前夕走访慰问困难家庭、老党员，用心、用情、用力托起"稳稳的幸福"。

　　为弘扬活化华照传统木龙习俗，以"六一"儿童节、端午节活动为契机，精心组织开展特色鲜明、精彩纷呈的幼儿木龙表演及大型木龙巡游活动，展现传统文化之美、华照之美。重拾记忆中的美食文化，借助"三八"妇女节游园、端午节巡游等活动，组织开展传统美食文化体验，让村民群众在享受、推广华照特色美食的同时，搭建起党员交流的桥梁，进一步丰富广大党员群众的业余生活，共建共享和美华照。

多种渠道了解群众诉求，实事求是合理引导群众解决诉求，高效化解两件历史遗留"旧账"，将"民声"落实到"民生"。

为全面落实属地监管责任，定期对企业、在建工地、"三小场所"（即小档口、小作坊、小娱乐场所）开展安全生产监管检查，建立巡查台账，确保安全生产形势稳定。利用微信公众号、企业微信、宣传栏等多种方式，深入开展安全宣传服务，广泛宣传安全生产相关法律法规和日常用火用电用气安全知识，引导广大群众学法、懂法、守法，提升安全生产意识。

一点一滴精耕细作，只为让华照美丽家园变得更美。

2023年华照村顺利完成麻西、麻东的"工改"任务，盘活"元头山"低效工业用地及33亩商住用地，为华照发展带来全新机遇；完成岐山环山栈道、麻西玻璃屋、公厕、人行道及"四小园"项目建设，提升了农田一带的美丽乡村整体风貌；创建麻西党群服务站，融聚党员初心、汇聚志愿爱心；完成林溪、岐山、麻西的农污工程，其余村民小组的农污工程及活动区域提升工程正在陆续开展。

通过对周边环境的全面整治，从源头改善村居环境，一幅"只此青绿"的乡村秀美画卷在华照村铺展开来。

2023年上半年，华照村将目光聚焦于文明新风的培育，通过完善麻子农会史馆内部上墙资料、聘请红色遗址维护工作人员、申请不可移动文物维护经费及邀请专业木龙团队老师开展培训等举措，聚焦党建领航，为乡村文化振兴"培根铸魂"；通过建立善行义举榜，修订村规民约条款、开展"慈善万人行"及"一元爱心"捐助活动，弘扬时代新风、涵育文明乡风。

未来，华照村将围绕推进基层党建品牌建设、深化文旅特色产业、打造美丽乡村靓丽名片等方面开展工作，推动发展成果惠及更多群众，开创全面推进乡村振兴新局面。发挥"党建+"的重要引领作用，结合基层党建、乡村治理、产业振兴等关键任务，"工改"、征地等攻坚具体任务，打造多个"党建+"红色文化示范点，实现创新引领。逐步修复历史遗迹，兴建文化史馆，串起村内红色革命传统教育景点，规划出一条独具华照特色的红色旅游精品线路，以红色力量激发红色品牌动能，着力打造红色文旅精品。擦亮乡村人居环境底色，重点实施美丽乡村建设和人居环境综合整治，推动干净整洁全域覆盖；迁址重建垃圾中转站，继续开展各村组"四小园"、活动场所、主干道黑化等建设工程，使村容村貌得到有效提升。同时，推动新风新俗全域引领，积极开展"最美家庭""好家风家训故事"等家庭文化活动，激发新风的示范引领作用，为美丽乡村建设"铸魂"。

新征程上，华照村锚定新使命，展现新作为，以红色党建引领，不断推进各方面建设。

乘着乡村振兴建设东风，华照村呈现一派水墨画般的田园景象。如果你隔一段时间再到华照村，就能感受到其营造出的不一样的静谧氛围。无论是站在华照村牌的大石处望去，还是行至麻西村口看那绵延的稻田，到处是一片青葱稻浪。阳光照耀下的一片美景，让你陶醉在梦幻当中。一年四季，稻田不断变换着自己的衣装，无论是春夏的浓绿还是秋冬的金黄，处处美景皆有其美。

参考文献
References

中共中山市委党史研究室编：《挺起钢铁的脊梁——大革命及抗战时期中山红色故事》，广东人民出版社 2019 年版。

中共中山市委党史研究室、中山市档案馆、中山市人民政府地方志办公室编:《中国共产党中山历史大事记》，中共党史出版社 2022 年版。

中山市地方志编纂委员会编：《中山市志》，广东人民出版社 1997 年版。

中共中山市委党史研究室、共青团中山市委员会编：《中山青年运动百年》，广东人民出版社 2022 年版。

《南朗历史文化丛书》编委会编著：《南朗俊杰》，广东人民出版社 2011 年版。

郭昉凌编著：《中山红色地图》，广东人民出版社 2021 年版。

陈钰、千红亮：《珠海传》，新星出版社 2018 年版。

叶曙明：《中山传》，广东人民出版社 2022 年版。

胡波：《中山简史》，广东人民出版社 2021 年版。

胡波：《中山史话》，社会科学文献出版社 2014 年版。

林干、廖博思：《悠悠两地情：中山与香港回归前后的故事》，广东人民出版社 2019 年版。

中山市南朗镇志编纂委员会编：《中山市南朗镇志》，广东人民出版社 2015 年版。

周振捷：《中山客·访宗祠寻根追远》，广东人民出版社 2016 年版。

中山市人民政府地方志办公室编：《中山村情（第二卷）》，广东人民出版社 2018 年版。

曾勋、马成编著：《农学历史》，吉林出版集团有限责任公司 2011 年版。

《广东省中山市地名志》编纂委员会编纂：《广东省中山市地名志》，广东科技出版社 1989 年版。

中共中山市委组织部、中共中山市委党校、中共中山市委党史研究室编：《中国共产党中山党史人物 100 名（1921–2011）》，中共党史出版社 2012 年版。

中山市文化局编：《中山市文物志》，广东人民出版社 1999 年版。

《红色足迹》，《南朗乡音》总第 68 期特刊。

中共中山火炬高技术产业开发区工作委员会党史研究室编：《孙康与横门保卫战——一位坚定革命者的成长历程》，广东人民出版社 2020 年版。

● 漫步华照
● 影像纪实
● 知识之窗
● 政策导航

扫码获取

有温度的时光

　　每一次走近李华照故居，每一次站在李华照烈士纪念亭，每一次读到革命先辈李华照的英勇事迹，都会久久触动我的心灵。我相信，时光是有温度的，它让我对这片土地更加尊敬，让我思考我们如何才能更好地传承和弘扬先辈的革命精神。

　　起初，我对如何写好华照村这部纪实作品感到担忧，虽然来过村中多次，但依然感到陌生。这种陌生是因为我并没有真正进入村落的核心，而只是从外表感受到风景的秀美，又或榕树下的时光流淌。到了我真正深入到村里，到村民当中，我仿佛听到了华照的心跳声。这是经过多年沉淀的精神内核，它掺入了生长的稻田、村屋，历经岁月的斑驳、榕树的倒影、山海的融合，以及人所结成的悠悠之音。我对书写华照村多少增加了几分信心，只是，在呈现的方式上，以散文式纪实来表现是否妥当？我的内心又带着几分忐忑不安，但我想，一个人无论以什么样的服饰去示人，只要不离开其内在的气质，服饰终不会让人感到突兀与不适。正是基于这点，我最后还是选用了这种表现方式来写作。

　　在采访过程当中，困难是有的。有些村民岁数大了，记忆已经模糊，对于村里的事情很难记得清楚。村民对村里历史又并不那么熟知，在采访中，我只能一步一脚印去积累。好在有村委干部欧阳建章、李桂玲等人的帮助，让我认识了李兆永先生的后人，采访更加顺利。其中，涉及村里一些历史的内容，也得到了华照村提供的"村志"等材料"相助"，增加了书中有关的历史记录。在此，感谢各位领导提供的帮助，特别是南朗街道党工委委员欧嘉喜对本书的大力支持。在采写过程中，难免会出现一些错漏，如有不妥处，请各位批评指正。此外，还要感谢李春雷、贺仲明、曾平标等老师的鼎力推荐。

行走在华照村各个自然村里，历史的印记无所不在。这里名人众多，难以一一介绍，同时由于采访时间紧，有些华侨没能联系到，无法面面俱到，这当是一种遗憾。不过，在采访当中，让我特别难忘的是旧屋与祠堂留下的记忆。世事变幻，在繁杂的世界里，华照是一处清宁的地方，红色的村庄保留着深厚的人文历史，那是一份温暖，一种传承，一个延续，这些都让我有深刻的体会。

我感谢这片热土，它的一旁是海波荡漾的伶仃洋，另一旁是巍巍的五桂山。海与山的交汇，让我如飞鸟经过海洋，又掠过翠绿的五桂雄峰。红色基因赋予了村庄内涵，它的每一段故事都能搅动人们的心灵，每一个树影都能牵动我们的眼睛，每一个声响都能带动我们去聆听。我只是一位记录者，通过文字收藏下更多的记忆，让它成为后人前进的动力源。

我期待，红色华照村继续在粤港澳大湾区建设中茁壮成长，拥抱世界，以产业兴村与和谐发展赢得未来。让山海相伴，时空与未来的交响在华照村大放异彩。

华照村乡村振兴
的双色画卷

扫码共赏

知识之窗·乡村振兴

智慧碰撞
洞悉乡村振兴策略

漫步华照·乡村风光

解锁美好乡村
领略四季画卷

政策导航·深度解析

政策风向标
助力乡村振兴精准施策

影像纪实·美好乡村

镜头下的田园诗
记录真实乡村

红色印记　绿色家园